君は月夜に光り輝く
佐野徹夜
Tetsuya Sano

「もうすぐきっと、最後の瞬間がやってきます。
これが本当に、正真正銘、最後のお願いです——」

君は月夜に光り輝く

kimi wa tsukiyo ni hikarikagayaku

short season, cold feeling

桜の季節と、リノリウムの温度

1

坂道の両脇に、桜の花が咲いていた。そこを登り切ると、やけに真新しい病院が見えてきた。比較的新しく綺麗《きれい》な建物で、なんだか生活感はあまりない。病院なのに、オフィスビルみたいな感じがした。それで少し気が楽になった。受付で用件を伝えると、すんなり病室を教えてもらえた。

これから、見ず知らずの人間に初めて会うと思うと、けっこう緊張した。ましてその相手が女子で、おまけに病気で入院中と聞けば、なおさらだった。

病院のエレベーターを待ちながら、僕は少し落ち着かなかった。

すげー美人らしいぜ、と誰かが言っていた。

名前は、渡良瀬《わたらせ》まみずというらしい。

高一最初のホームルームで、担任の芳江《よしえ》先生が、よく通る声で言った。

「渡良瀬まみずさんは、中学の頃から深刻なご病気で、長らく入院されているとのことです。一日でも早く退院して、みなさんと学校生活を楽しめるようになるといいですね」

　教室に空いたままの席が一つあった。うちは私立の中高一貫校で、面子《メンツ》もだいたい中学の頃から変わらない。それでも、渡良瀬まみずを知っている生徒はほとんどいないようだった。

「発光病《はっこうびょう》らしいぜ」

「じゃあ学校には多分出てこれないよな」

「ってか誰よ？」

「中一の五月から来てないらしい」

「記憶にねーな」

「誰か写メ持ってねーのか？」

　クラスの奴らが彼女のことを少し噂し始めたが、たいした情報もなかったらしく、すぐにそれはおさまった。

　発光病ならたしかに、これから先、学校に復帰するのは難しいかもしれない。それは不治の病として知られていたからだ。

　原因はわからない。治療法も確立されていない。

　完治することは基本的にない。だからたいていの場合、一生を病院で過ごすことになる。成長が進むにつれ、病気は進行していき、ある日突然発症する。大体は、十代や二十代前半のうちに発症することが多いという。いったん発症すると、致死率は高く、大人になる前にたいていは死んでしまう。症状は多岐にわたるが、特徴的なのは、皮膚に異変が起きることだった。

光る、のだ。

夜、月の光に照らされると、体が蛍光色のようにぼんやり淡く光を放つという。病状の進行とともに、その光は徐々に強さを増していくらしい。それで、発光病と呼ばれている。

……ともかく、渡良瀬まみずという女生徒が教室にやってくることは、多分ないだろう。そう思った僕は、すぐにそんな話は忘れてしまうことにした。

それから数日して、休み時間に、巨大な色紙みたいなものが回ってきた。

「岡田《おかだ》、これ書いといて」

「なんだこれ？」

「ほら、なんだっけ。発光病の、なんとかさん。みんなで寄せ書き書いて渡すんだって」

ふーん、と思いながら僕は色紙にペンを走らせた。

早く病気が良くなるといいですね　岡田卓也《たくや》
僕は三秒でさらっとそれだけ書いて、寄せ書きを次に回そうとした。

「わ、岡田、テキトーだな」

「次、誰に回せばいい？」

「このへん全員書いたからな。あ、香山《かやま》まだだよ、たしか。渡しといてくれよ。岡田と香山って、仲いいんだろ？」

「仲は別によくないけどな」

それだけ答えて、僕は香山の席に近づいた。

香山彰《あきら》は、相変わらずだらしがなかった。制服のシャツをズボンからはみ出させて、自分の席に突っ伏して爆睡していた。髪は長く、背は高い。不良って感じではない。乱暴なところはどこにもないのだけど、不真面目、という言葉が似合う男だった。整った顔立ちをしていたから、それでも女子ウケは良かったが、どこか受け答えに人を食ったようなところがあって、たいていの男子からは少し敬遠されていた。

「香山、起きろよ」

「まさかオレが、美少女だらけの女子寮の管理人に選ばれるなんて……」

寝言だった。どうやら、何かすごく都合のいい夢を見ているらしい。しつこく揺り動かして、現実に引き戻した。

「おろ？　岡田か。どしたよ？」

どちらかというと僕は、あまり彼には近寄りたくないと思っていた。ただ、でもそれは、彼の無秩序なパーソナリティーが苦手とか、そういう問題ではなかった。

僕には昔、香山から受けたある恩みたいなものがあったのだ。だから、僕たちは友人というのとはちょっと違っていた。僕にとっての香山という存在を表す、適切な言葉は恩人だった。

軽口を叩《たた》きながらも、内心どこか緊張してしまう。香山に相対《あいたい》しているときの僕には、そんな微妙なところがあった。だから僕にとって香山は、親しみを感じる相手ではなかったのだ。

「寄せ書きだって。ほら、例の発光病」

「ああ」

香山は僕から寄せ書きの色紙を受け取り、ぼんやりとした目で眺めた。

「渡良瀬まみず、ねぇ」

その香山の口調や表情には、どこか過去の記憶を思い出しているようなところがあった。僕は意外に思って聞いた。

「知ってるのか?」

「いや……昔ちょっとな。今は渡良瀬なんだな」

ぼそっと独り言のように香山は言った。「まぁ、書いとくわ」と言われたので、僕はそのまま自分の席に引き返そうとした。

「岡田、最近どうだ?」

香山が背中越しに声を投げてきた。

「何がだよ」

「大丈夫か?」

「大丈夫だよ」

僕はイラつきを抑えながら返事をした。

「お前、たまに病んでるからな」

何かを見透かすような口調で香山が言ってきた。

「僕は正常だよ」

余計なお世話だよ、と思ったが言わなかった。

「こないだから、みんなに書いてもらってた寄せ書きも完成したので、今度の休日に、誰かにこれを持って行ってもらいたいと思っています。私より、生徒の誰かが持って行った方が、渡良瀬さんもきっと喜ぶと思うので。誰か、行きたい人はいますか？」

芳江先生は二十代前半、わりと綺麗な人だったけど、教師になって日が浅いせいか、ホームルームの進め方にはまだどこかぎこちないところがあった。

そんなこと言われても「面倒臭い」以外の感想が湧いてこない。挙手する奴なんていないだろう。誰もがそう予想した。となると、次は芳江先生が誰かを指名する流れになる。どうか自分だけは当たりませんように。そんな感情を隠しもせず、皆が一様に顔を伏せていた。

そのとき。

香山が、すっと手を挙げた。みんな驚いて、一斉に彼の方に顔を向けた。

「オレ、行きますよ」

「あ、じゃあ、悪いけど、お願いしていいかな」

そのときの香山の表情は、どこか不思議な色を帯びていた。何かそこには、悲壮な決意みたいなものがあった。喜んで志願したとは、とても見えなかった。

……そんなに嫌なら、言い出さなきゃいいのに。なんで香山は行くなんて言ったんだろう？　そのとき僕は、少し意外に思ったりした。

それから週末になって、日曜日、僕は急に香山に電話で呼び出された。

「頼みがあるんだ」

僕たちの間に普段、休日に会うような習慣はまったくなかった。だからそれは、それなりにイレギュラーなイベントだといえた。

面倒臭かったが、言われた通りに彼の家に向かった。

「風邪引いたんだ」

そう言いながら玄関先に出てきた香山は、パジャマ姿で、マスクをしていた。

「少し熱があってさ」

でも全然熱があるようには見えなかった。なんだか病気のコスプレでも見せられているような気分だった。

「で、頼みって?」

僕は少しイラつきながら彼に続きを促した。

「ああ、そういうわけで……。渡良瀬まみずのお見舞い、行けなくなったんだ」

「それで、かわりに行けって?」

確認するように僕が言うと、香山は「ああ」と短く答えた。それから彼はいったん引っ込んで、渡すべきプリントやら何やらの一式を持ってきた。「頼むよ」と言いながら彼は僕にそれを押しつけた。

香山はそれ以上の会話を拒むように背を向けて、家の中に戻っていった。

正直、何一つ腑《ふ》に落ちなかった。

2

それで僕は、日曜日に、知らない女子のお見舞いに行く羽目になったのだった。

渡良瀬まみずの入院している病院は、終点の駅にあった。いつも学校に通うのとは逆の電車に三十分ほど揺られて、目的の駅に着いた。

駅から病院へ向かい、受付で教わった通りにエレベーターで四階を目指した。リノリウムの廊下を歩き、病室の前にたどり着く。

中に入ると、そこは相部屋だった。女性ばかり、二人の年輩の女性の他に、本を読んでいる若い女の子がいた。きっと彼女が渡良瀬まみずなのだろう。僕はゆっくり彼女に近づいた。その気配に気がついたのか、そいつは本から目を離して、顔を上げた。

一目見て、どきっとした。

たしかに、美少女だった。

美人だけど、誰に似ているとかいうのが思いつかない。射抜くような目つきだった。濃い黒目を、自然に伸びた長いまつ毛や優雅な二重まぶたがふちどり、より印象的に見せている。そして、信じられないくらい真っ白な肌をしていた。微塵《みじん》も日焼けしていないその肌のせいか、彼女はクラスの他の女子とは、まるで雰囲気が違った。別の国で生まれ育った人間みたいだった。

綺麗な鼻すじにすっきりとした頰、小さく水平に結ばれた口元。すらりと伸びた背すじに、均整のとれた体つき。艶のある髪が、胸元にかかっていた。表情のどこにもズルそうなところがなくて、すごくまっすぐだった。

「渡良瀬さん？」

僕はおずおずと彼女に声をかけた。

「そうだけど。あなたは？」

「岡田卓也。この春から、渡良瀬さんのクラスメイト」

僕は簡潔に自己紹介した。

「そっか。初めまして、渡良瀬まみずです。ねぇ卓也くん、お願いがあるんだけど」

彼女はいきなり僕を下の名前で呼んできた。

「私のことは、まみず、って下の名前で呼んで欲しいな」

そんなファーストネームで呼び合うような習慣は僕にはなかったので、不思議に思った。

「なんでだ？」

「苗字なんて、すぐに変わっちゃうからさ」

と彼女はそんなことを言った。親が離婚でもしたんだろうか？　でも、いきなりそこに触れるのも少しためらわれた。

「じゃあとりあえず、まみず、でいくよ」

「ありがとう。私、名前で呼ばれるのって好き」

そう言って彼女は、はにかむように笑った。笑った拍子に彼女の口元から、白い歯がこぼれるように覗いて、僕はその白さに少し驚いた。その、好き、って言い方は妙に人懐っこかった。

「それで卓也くん、今日はなんで来てくれたの？」

「ああ。なんか、渡すプリントとか、寄せ書きがあるみたいで。誰か生徒が届けた方が喜ぶだろうって、先生が」

「喜ぶ喜ぶ」

　僕が封筒を渡すと、彼女は、封筒からあの寄せ書きの色紙を取り出して、興味深そうに眺め始めた。

「卓也くんのメッセージ、なんか冷たくない？」

　慌てて僕はその寄せ書きを覗き込んだ。自分の書いたメッセージが、色紙の隅の方に並んでいた。

　早く病気が良くなるといいですね　岡田卓也
「そうかな？　いや……」

　別にそんなに酷いメッセージではないと思う。でもやっぱり少し短すぎるし、三秒で書いた適当さがにじみ出ていたのかもしれない。そして、それを見抜けないほど彼女は馬鹿じゃないということなんだろう。

「そうかもしれない。ごめん」

　僕は誤魔化すのはやめて、素直に謝った。

　彼女は少し驚いたような顔をして僕の方を見た。

「別に謝るほど冷たくもないよ」

　不思議な喋《しゃべ》り方《かた》をする奴だな、と思った。

「もしかして卓也くん、本当は来たくなかった？　無理矢理先生に頼まれたとか？」

実は香山が来るはずだったんだ、なんて本当のことを言うのはなんだか野暮《やぼ》な気がした。嘘《うそ》も方便、というフレーズを思い出した。

「いや。僕の意志で来たよ」

「そうなの？　よかった」

本当にほっとしたように彼女は言った。頭は良さそうなのに、喜怒哀楽の感情表現がわかりやすいタイプだと思った。

「これ、何？」

話題を変えたくて僕は言った。ベッドサイドのテーブルに、水晶のようなガラス玉が置かれていた。よく見ると、そのガラス玉の中にはミニチュアの家が入っていた。洋風のログハウスだ。窓から漏れ出る明かりの演出が、見る者にかすかな生活感を感じさせた。

「あ、スノードームっていうの。それ、私すごく好きなんだよね」

彼女が色紙を手放して、「貸してみて」と手のひらをこちらに向けたので、僕はそれを手渡した。

「見て。ここに雪があるの」

見ると、ガラス玉内部の家の地面には、雪を模した紙吹雪のようなものが敷き詰められていた。

「なるほどな」

「まだまだ、これからなの。これを、こうして、振るとね」

そうして彼女はスノードームを振ってみせた。すると、紙吹雪がガラスの中で、ぱっと舞った。どういう仕組みか、その紙吹雪は舞い散りながら、ゆっくりと降り落ちていった。

「どう？　雪みたいでしょ」

たしかに、雪みたいだった。

「昔、お父さんに買ってもらったんだ。…………もうお父さんには会えないんだけどね。だから、大事にしてる」

やっぱり親が離婚してるんだろうか。そう思ったけど、聞けなかった。

「これを見ながらね、想像するの。私は雪国で暮らしててね、冬になると雪が降るの。吐く息はずっと白くて。暖炉で暖まりながら本を読んで暮らすの。そういうところを想像して楽しんでるんだ」

ガラス玉の中では、まだ雪が降り続けていた。

それからも、彼女の話は続いた。もしかして話し相手に飢えていたんだろうか？

と思ってしまうような喋り方だった。でもそんなに嫌な気はしなかった。話がそこまで退屈じゃなかったのもあったし、彼女の話し方も嫌いじゃなかったからだ。

夕方になってやっと話が途切れた。それで僕は、そろそろ帰ることにした。

帰り際に、彼女が僕に言った。

「ねぇ、卓也くん。またそのうち遊びに来てくれる？」

そう言われて、僕は戸惑ってしまった。でも、彼女のそのなんだか寂しそうな顔を見ていたら、「いや、もう二度と来るつもりはないよ」なんて言えなかった。

「そのうちな」

かわりに、僕はそんな曖昧な答えを返していた。

「それから、お願いがあるんだけど」

「何？」

「アーモンドクラッシュのポッキーが食べたくて」

彼女はちょっと恥ずかしそうに言った。

「ポッキー？」

「本当は病院食しか食べちゃいけないんだよね。それに、お母さんも厳しい人だから、頼んでも買ってくれなくてさ。病院の売店にも売ってないの。頼める人いないんだよね」

それから彼女は、ちょっと上目遣いに僕を見て、「ダメ？」と懇願するように言った。

「ん、まぁ、わかったよ」

と僕はあまり深く考えずにそう返事をして、病室を出た。

3

「どうだったよ？　渡良瀬まみず」

翌日の放課後、学校帰りのコンビニ前で並んでアイスを食っていたら、急に香山が聞いてきた。謝礼代わりのつもりなのか、僕の分は彼の奢《おご》りだった。僕はアイスを口に運びながら、ぼんやり昨日のことを思い出した。

「まぁたしかに、美人だったけどな」

別にそんなこと聞かれてるわけじゃないんだろうなと思いつつ、僕は答えた。

「病気の方はどうなんだ？」

「さぁ？」

そういう言い方はどうなんだ、と自分自身思いながらそう言った。

「香山、知り合いなのか？」

「昔ちょっとな」

と言って香山は言葉を濁した。

「そういや彼女の両親って、離婚してるのか」

僕は少し気になったので香山に聞いてみた。

「ああ、多分な。昔は深見《ふかみ》って苗字だったから」

永遠にアイス食べてるわけにもいかないので、それから駅に移動して電車に乗った。

座席が一つだけ空いていて、僕が座った。香山はつり革にぶらさがって、ダルそうに窓の外を眺めていた。

「もう一つ、頼みがあるんだ」

窓の外を、木々の緑や住宅街が、ぱらぱらと流れていった。

「彼女と、もう一回会ってくれないか」

「はあ？」

「いつ病気が良くなるか聞いてきてくれ」

何を言ってるんだこいつは、と思った。病室に行って欲しい、と頼まれた時点でわけがわからなかったのに、いよいよ意味不明だった。

「自分で聞けよ」

僕は少しうんざりしながら彼に言った。

そんな話をしているうちに、電車が香山の最寄り駅に着いた。

「それから、渡良瀬まみずには、オレのことは話さないようにしてくれ」

香山は最後にそう言って、あとはもう振り返らずに電車を降りて行ってしまった。

「おい、待てよ。何なんだよ、一体」

僕が彼の背中に向かってそう言った次の瞬間、プシュっと炭酸が抜けるのに似た音を立ててドアが閉まり、電車が発車した。

……相変わらず何を考えてるのか、よくわからない奴だった。

僕の駅まで、まだしばらく時間があった。なんか妙に眠かった。目を閉じて座席の背もたれに体重を預けたら、そのうち意識が消えていた。

次に気づいたときには、電車は終点に着いていた。流行ってなさそうな喫茶店の看板や、個人経営の書店が並ぶ駅前に、半端に剪定《せんてい》された街路樹が緑の彩りを加えている、それはいかにも地方都市の終着駅らしい牧歌的な光景だった。どこか見覚えのある景色だった。そしてすぐに思い出した。

そこは渡良瀬まみずの病院がある駅だった。

僕の家の最寄り駅からは、七駅も離れている。完全に乗り過ごしていた。「この電車は回送です」というアナウンスに押し出されるようにホームに出たとき、駅に売店があるのが見えた。店先に、ポッキーが並んでいるのが目に飛び込んできた。まみずが言っていたアーモンドクラッシュも、そこにあった。気づけば僕は、「それ一つください」と店員のおばちゃんに声をかけていた。手渡された商品を鞄《かばん》の中に入れて、僕は改札出口に向かった。

まぁ、どうせここまで来たのだから、ポッキーくらい持って行ってもいいような気がしたのだ。

病室に行くと、渡良瀬まみずはいなかった。

ベッドはもぬけの殻《から》だった。

「渡良瀬さんなら、検査に行かれてますよ」

慌てて声のした方を向くと、同じ病室の人の好さそうな年配の女性が僕に向かって言っていた。

いつ戻ってくるのかわからなかったけど、せっかく来たので、少し待ってみることにした。

ベッドサイドのテーブルにスノードームがあった。

手にとって、昨日の彼女の真似をして、振ってみた。

スノードームの中に雪が降った。そこに何かの秘密が隠れているような気がして、しばらくじっと眺めてみた。勿論《もちろん》、いくら見ても何もわからなかった。

試しにスノードームを滅茶苦茶に振り続けてみた。中には猛吹雪が吹き荒れた。調子に乗って何度も激しく振った。

次の瞬間、手が滑った。

スノードームが滑り落ちた。垂直に落下して、病室の床に激突した。

ガシャン！

激しい音が鳴り響いた。

やってしまった、と目の前が真っ暗になった。

「あれ、卓也くんだ」

背後からまみずの声がして、僕は驚いて振り返った。

最悪のタイミングだった。

「あ」

少し遅れて、彼女が僕の足下のガラスの破片に気づいた。バラバラに砕け散った、スノードームの残骸。彼女の表情が曇るのが、はっきりとわかった。

「大丈夫？　卓也くん、ケガしてない？」

そう言いながら、どこか取り乱したように彼女は駆け寄ってきた。

「僕は大丈夫だけど……ごめん。本当に」

それ以上なんて言ったらいいか、わからなかった。

彼女がガラスの破片に手を伸ばした。

「痛っ」

彼女が短い悲鳴をあげた。指を切ったらしい。数瞬後、赤い液体が皮膚を破って流れ出した。

「落ち着いて。今、バンドエイドもらってくるから。僕が片付けるから、ベッドにいて」

慌ててそう促すと、彼女は無言でベッドに這《は》い上《あ》がって、壁にもたれて座った。

僕はナースステーションで看護師さんからバンドエイドをもらってきて、彼女に手渡した。それからあとはただ、黙々とガラスの破片を拾い集めた。

一通り片付け終わって、集めたガラスを病室の外のゴミ箱に捨てに行った。

病室に戻ると、彼女はスノードームの中身を掲げて無表情で眺めていた。もう、土台とミニチュアの家しか残っていない、雪の降らなくなったスノードームの中身を彼女は手にしていた。

「しょうがないよ。形ある物は、いつか壊れるし。……生きてて、死なない生きものがいないのと同じだよ」

そう言って、彼女は手に持っていたそれをベッドサイドのテーブルの上に置いた。

「壊れた方が、よかったのかもしれないよ」

それは、どこか心にフタしたような言い方に聞こえた。

「なんでそんなこと言うんだよ」

壊したのは自分なのに、僕はそう尋ねていた。

「大事なものなんてない方が、さっぱり死ねる気がするから」

そんな微妙なことを彼女は言った。

「ねえ、卓也くん。私って、あとどれくらい生きそうに見える？」

そう言われても、わかるわけがない。正直に言えば、発光病の人間が長生きしたなんて話はあまり聞いたことがなかった。それでも、少なくとも見た目だけなら、彼女はそんな不治の難病にかかっている人間にはとても見えなかった。

「わかんないな」

考えることを放棄して、僕はそう答えた。

「私、余命ゼロなんだ」

彼女の声は、あくまでも平温だった。

「幽霊みたいなもんなんだ。去年の今ごろ余命一年だって言われてたのに、普通に一年たっちゃったの。……ほんとはもう、死んでるはずだったんだけどね。なのに、わりと元気でさ。なんなんだろうね？」

その言い方は、まるで他人事のようだった。

なんで会ったばかりの僕に、そんなこと言うんだよ、と思った。

「私って、いつ死ぬのかな？」

妙に明るい声で、彼女は言った。

そのとき、胸のどこかがざわついた。

なんでそんなに動揺したのか、自分でもよくわからなかった。この感情はなんだ、と思った。考えても、それが何なのか、自分でも理解できなかった。

家に帰ってからもまだ、僕は渡良瀬まみずのことを考えていた。居間の隅、仏壇の前に寝転んで、僕は考え続けていた。

わからなかった。彼女の考えていることが、内面が。考えても、見当もつかなかった。

まだ、十代なんだ。

普通の人間は、死ぬとなったら、絶望する。悲観する。悲しくてしょうがなくなる。

それから、何をしても自分が死ぬんだという運命を受け入れて、無力感に苛まれる。

ボケたみたいになる。八十過ぎて祖父が死んだときですらそうだった気がする。

でも、彼女の口ぶりはまるで、死ぬのが楽しみ、みたいな言い方に聞こえた。

なんでなんだろう、と思った。

それから、なんとなく気が向いたので線香に火をつけて、あの名前のわからない金属のお椀《わん》みたいなものをチーンと鳴らしてみた。

仏壇の前、遺影の中の姉は、セーラー服を着て笑っていた。

岡田鳴子《めいこ》。享年十五歳。

僕が中一のとき、車にひかれて死んだ姉。

そういえばいつの間にか、僕は鳴子と同じ高校一年になっていた。

鳴子は、死んだとき、どうだったんだろう？

最後に何を思ったんだろう？

そんなことを、ふと思った。

なぁ、鳴子。

渡良瀬まみずって人間に会ったんだ。繊細そうだけど、それでいて、まるで死ぬのが怖くないみたいだった。

だけどさ。でもさ。

鳴子は、どうだったんだ？

心の中で何を聞いても、写真の中の姉は一切返事をしなかった。当たり前の、話だけど。

寝る時間になって、自分の部屋のベッドに入っても、その日はなかなか寝つけなかった。何故か、渡良瀬まみずの顔が浮かんで、消えてくれなかった。

私って、いつ死ぬのかな？

ずっと、彼女の声が、脳みその中でリフレインしていた。好きな曲のフレーズや、変に耳に残って離れないＣＭソングみたいに、際限なくリピートしていた。

翌日、学校に着いて鞄を開けると、中からアーモンドクラッシュのポッキーが出てきた。

これ、どうするんだよ、と思った。

あんなことがあって、渡しそびれてしまったのだ。

僕は迷って悩んでから結局、そのポッキーを渡すためだけに、学校帰り、もう一度病室に行くことにした。

行く道すがら、考えた。

こう毎日毎日立て続けに病室に行くのは、さすがに迷惑なんじゃないだろうかとか、大事にしてた物を壊した僕の顔なんて内心もう二度と見たくないんじゃないかとか、思った。

よく考えたら、やっぱり気まずかった。まだあのとき、怒ってくれた方がマシだった。ストレートにキレて、怒りをぶちまけてもらえた方が、気が楽だった。内臓が、ヤな感じでじわりと痛んだ。

なんでこんな思いをしてまで、僕は彼女と、関わろうとしているのか。

自分でも不思議だった。なんでなんだろう、と考えた。

それは多分………きっと、彼女が、姉の鳴子に似ているせいだった。

別に、顔が似てるわけじゃない。性格もだいぶ違う。でも、うまく言えないけど、何かが似ていた。それは、雰囲気という言葉が一番近かった。あのときの鳴子に、渡良瀬まみずはどこかが似ていたのだ。

姉の死について、僕にはずっと、わからないことがあった。

彼女と一緒にいたら、それがわかるんじゃないか、って気がしたのだ。

病室の手前で立ち止まり、僕は一つ深呼吸をした。深く、低く、息を吸い込んで、吐いた。

それから、やっと決意を固めて、中に入った。

前に初めて来たときと同じように、渡良瀬まみずは、相部屋の一番奥のベッドにいた。見ると、彼女はノートに向かって書き物をしていた。真新しいB5のノートだった。それを、長細いローラーつきのベッドテーブルの上に広げて、何か一心に書いていた。声をかけづらい、真剣な横顔だった。一瞬、躊躇《ちゅうちょ》してしまう。すると、気配を察したのか、彼女の方から気づいて顔をあげた。

「来てたなら、声かけてくれたらいいのに」

彼女は不思議そうな顔で僕を見て言った。

「何書いてるんだ？」

彼女の様子は普通だった。昨日の別れ際のときのような、触れたら壊れそうな危うい感じはなくなっていた。でも、いや、だからなのかもしれないけど、その彼女の調子に、僕はどことなくよそよそしいものを感じたりもした。

「内緒」

彼女はノートを取り上げて、中身を隠すように、僕に背表紙だけを向けた。

「わかったよ」

まぁ、きっと日記か何かなんだろう。僕は深追いせず、持ってきたポッキーをテーブルの上にそっと置いた。

「わー、アーモンドクラッシュだ！」

まみずは目を輝かせながらポッキーを手に取り、「食べていい？」と僕に聞いてきた。僕がうなずくと、彼女は綺麗に包装を開けて、カリッと音をさせてポッキーをかじった。

「普通のとはひと味違うよね」

何がそんなに嬉しいのか、彼女は機嫌良さそうに笑った。

「ちょっとだけ教えてあげるね」

一瞬何を言ってるのかわからなくなったけど、すぐに、ノートのことだと気づいた。

「私ね、今、死ぬまでにしたいことのリストをまとめてるんだ」

それは……どこかで聞いたことのあるような話だと思った。死を前にして、自分の人生を振り返り、やり残したこと、心残りや願望を、最後に成し遂げる。よくある話だと思った。感動的な再会とか、会いたい有名人とか。

「こないだ検査のとき先生に聞いたんだよね。私の余命、一体どうなってるんですか？って。そしたら、難しい顔しながら『よくわからないんだけどあと半年はもちそうだ』とか言うの。ヤブ医者だよね。人の命なんだと思ってるのかな？　それでね、せっかくだから、この残された貴重な時間を少しでも有意義に使おうって思ったわけなの」

そう一息に言ってから、次に彼女は、軽く顔をしかめてみせた。

「でもね。やっぱりダメみたい」

「どうして？」

「私、外に出られないんだよね。けっこう病状、悪くてさ。外出絶対厳禁。厳しく言われちゃってるの」

そのとき、ふと頭に浮かんだことがあった。

それは全然、褒められたような種類の考えではなかった。

ただ、僕は、知りたかったのだ。

そのノートに、何が書かれているのか。

何故か、すごく、気になった。

渡良瀬まみずが、死ぬまでにやりたいことが、何なのか。

「それ、僕に手伝わせてくれないか」

それでつい、僕はそんなことを口走っていた。

彼女は、ビックリしたように僕を見返した。

「なんで？」

「罪滅ぼしさせて欲しいんだ。スノードーム、割ったことの。取り返しのつかないことをしたと思ってる。でも、ごめん、って言葉で謝るだけじゃ、なんか足りない気がして。薄っぺらい、気がして。うまく言えないんだけど………なんでもいい。出来ることならなんでもするから」

「本当かな」

少しの沈黙のあと、まみずはぽつりと口を開いた。

「本当に、なんでもしてくれるの？」

声の音色が半音上がった。試すような言い方だった。

「絶対。約束する」

勢いにまかせて、僕はそう言っていた。

じーっと僕の顔を見ていた彼女が、急に目を丸く見開いて、短く「あ」と言った。

「今、いいことひらめいちゃった」

その脳内はどうなっているのか、彼女の表情は目まぐるしく変化した。それまでの難しそうな面もちが一変して、急に曇り空が晴れたような顔になった。

「ねぇ、聞いてくれる？」

そのときふと、変な予感みたいなものがした。

これ以上彼女の話を聞いたら、もう引き返せないんじゃないかって気がした。

……それでも僕は、彼女の眼差しに引き込まれるように、ただ答えていた。

「僕は何すればいい？」

そんないきさつで、僕と、渡良瀬まみずの、奇妙な縁が始まったのだ。

4

「これを、卓也くんにやってもらおうと思って」

まみずはそう言って、ちょっと照れたように笑ってみせた。どこか子供みたいな笑顔だった。

「……はぁ？」

話が、いまいち飲み込めなかった。

「卓也くんには、私のかわりに、私の死ぬまでにやりたいことを実行して欲しいの。そしてその体験の感想を、ここで私に聞かせてちょうだい」

「そんな無茶苦茶な……」

僕は呆《あき》れて言った。頭の中にはまだ？マークが百個くらい浮かんでいた。

それに何の意味があるんだろう。僕だったら、自分のしたいことを目の前の他人がかわりにしてたら、単純にムカつくけどな、と思った。でもまみずはどうやら、そうは考えてないらしい。

「だって、しょうがないじゃない。私、外に出たくても出られないんだから。他に、やりようがないんだから。いいアイデアだと思わない？」

まみずは、まるで自分に言い聞かせるようにそう言った。彼女だって、本当は自分でしたいんだろう。最初はそう考えてたはずだ。でも、そうは出来ない事情があるというのも、それはそれで、わかる話ではあった。

「……まぁ、とりあえず言いたいことはわかったよ。まみずのやりたいことを僕がかわりにやればいいんだな。で、その話を聞かせる」

僕はまだ少し混乱しながら、彼女の言葉を反芻《はんすう》するようにそう言った。

「そのとおりだよ」

彼女は何が嬉しいのか、にこりと笑ってみせた。

「いきなり重いのはアレだもんね。最初は軽いのからいこっか。どれにしようかな」

そう言ってまみずはノートを開いて真剣な眼差しでそれを眺めだした。それから、急にニヤけた顔になって僕に言った。

「じゃあ、早速お願いがあるんだけど……」

正直、嫌な予感しかしていなかった。

「私、死ぬまでに遊園地に行ってみたかったの」

話によると彼女は、遊園地には、かなり幼い頃、親と行ったことしかないらしい。もっと物心がついた今になって行く遊園地はどんなものか、興味があったのだという。

死ぬまでにしたいことなんて言うから、もっと大げさなものだと思ってた。叶《かな》わなかった大きな将来の夢とか、そういうことだと身構えていたのだ。なのに、彼女の願望はあまりにも小市民的でささやかだった。それでまず最初にちょっと拍子抜けした。

「あれ？　……ってことは」

それから、よく考えたら、それをやるのは自分なのだ、ということを思い出して僕はうろたえた。

「だからかわりに卓也くん、遊園地に行ってきて」

「いや。ちょっと待てよ！　……嘘だろ？」

「本当だよ？」

まみずは悪びれもせずにそう言って、悪戯《いたずら》っぽく微笑んだ。


一週間後、僕は何故か県外の有名なテーマパークに来ていた。

勿論一人で、だ。

何が悲しくて、いい年した男が、一人で遊園地に来なければならないのか。

遊園地というのは基本的に、家族や恋人と来るものと相場が決まっている。そうに決まっている。誰だって一人で来たりはしないだろう。

しかもゴールデンウィークだ。見渡す限り、殺人的な量の人、人、人。彼らはやっぱり、カップルや家族連れ、友人たち、などといった集団だ。僕のように、一人で来てる奴なんて、当然他に見つけることはできない。

遊園地に男が一人で来る。それは、正気の沙汰とは思えない。よほどの遊園地フリークか、頭がおかしくなってしまったかの二つに一つだ。でも、僕はそのどちらでもなかった。遊園地フリークではないし、自分のことはまだ正気だと信じたい。

実際、僕は目立っていた。それはそりゃ、そうだろう。そこらの芸能人より、よっぽど注目を浴びているといって過言ではなかった。すれ違う人々が、時折、暗い顔した僕を覗き込んで去っていった。たまに、あからさまに僕を嘲笑する奴、指さして笑うヤンキーなんかもいた。僕は確実に、注目の的だった。

僕は頭がおかしい人じゃないんだ！

拡声器でそう叫んでやりたかった。一体遊園地のどこに行けば拡声器が買えるんだろう？　誰かに聞いたらわかるんだろうか？　すみません、拡声器が欲しいんですけど、どこで買うことができるんでしょうか。待って！　僕は怪しい者じゃないんです。頭がおかしいんじゃないんです！　待ってください！

………。

しかし、僕にも予定というものがあった。ただただ遊ぶために遊園地に来たわけじゃない。いや、遊ぶためなのだけど、僕にとってこれは単なる遊びではないのだ。

まず最初の目的は、ジェットコースターだった。

僕は陰鬱な気分でチケットを購入し、ジェットコースターの列に並んだ。ジェットコースターは一時間待ちだという。嗚呼《ああ》、帰りたい。全くうんざりしてきた。

ちなみに僕は、絶叫マシンが嫌いだ。子供のときに一度乗って以来、乗ったことがない。あれは、意味がわからない。むき出しのマシンに乗って、猛スピードで高いところを走り回る、それの何が楽しいのだろう？　僕にはさっぱりわからない。怖いとかそういうんじゃないんだけど、決してそんなんじゃないんだけど……とにかく僕は、なるべく乗りたくなかった。

＊＊＊

二度と乗らない。

あれは人類史上最低最悪の乗り物だ、と思う。

ジェットコースターを降りて、僕は言いしれぬ疲労感を抱えながらとぼとぼと歩いていた。胃が混乱していた。朝に食べたトーストを吐き出しそうだった。気持ちが悪い。テンションは最悪に落ちていた。

それでも、まだ僕の用事は終わっていなかった。

続いて、これもまみずに指定された店に向かう。遊園地内の、主にスイーツを出している喫茶店だ。およそ三十分並んで、中に入る。一事が万事こんな調子で、遊ぶより並ぶ方がメインみたいなものだ。列に並んでいる人間の九割五分はカップルだった。

そういう、甘い雰囲気の店だった。

露出が激しく、胸元を強調したデザインの制服を着た店員がたくさん店内を闊歩《かっぽ》している。この制服自体がこの店の二大名物の一つと言われているらしく、マニアにはたまらないのだとか。僕はマニアではないので正直興味がなかった。その中の一人の店員が、こちらにメニューを持って近づいてきたが、僕はそのメニューを見ずに、吐き捨てるように注文した。

「僕らの恋する初恋パフェ、ください」

店内が、ざわ、ざわ、とざわついた。お前らカイジかよとツッコミたくなるくらいざわついた。男が一人で、カップルだらけの店内で、初恋パフェ。このパフェこそが、この店のもう一つの名物だった。「何あれ」「やばい」「マジやばい」皆がひそひそと僕のことを話題にしているのがわかった。僕は天井を仰いで、目を閉じた。意識をなるべくシャットダウンする。

これは一体何の罰ゲームなんだ。

消えてなくなりたい消えてなくなりたい消えてなくなりたい。

と同じフレーズを頭の中で反芻しているうちに、例の初恋パフェが運ばれてきた。

巨大なパフェの上に苺《いちご》ソースがたっぷりかかり、ウエハースがそれを盛り上げるように何本も挿入されていて、ハート型のチョコレートが中央に鎮座していた。見た感じ、二、三人分といった感じだ。

これ、一人で食うのか……？

パシャリ、と携帯カメラのシャッター音が鳴った。

驚いて振り返ると、一体何なのか、後ろの席にいたカップルが僕の姿を激写していた。静かに睨《にら》みつけるが、たいした威嚇にもならない。

クソだ。マジでクソだ。

そう思いながらも、一応僕もそのパフェを写真におさめた。ちなみにこのパフェ、一五〇〇円もした。ぼったくりだよ、と思う。結局、勿体《もったい》なかったので全部一人で食べた。その間、周囲のクスクス笑いがやむことは、決してなかった。

「卓也くん、サイコーだよ！　おなか痛い」

渡良瀬まみずは、初恋パフェの写真と僕の遊園地でのエピソードを聞いて、笑いこけていた。相部屋だというのに、周囲に迷惑なんじゃないかと思うほどの爆笑だった。

「それでそれで？　初恋パフェのあとは？」

「お化け屋敷行って幽霊に驚かれて、メリーゴーランドで子供に驚かれて、観覧車でカップルに気味悪がられて帰ってきたよ」

　うんざりしながら彼女に言う。

「どんな気持ちだった？　楽しかった？」

「最低最悪の気分だったな。遊園地に核ミサイルが降ってくればいいと思ったよ」

　そう言うと、まみずは何がツボに入ったのか、再びケラケラと笑いこけた。こんな風にあけすけに笑う奴だったのか、と少し意外に感じたりした。

「そっかそっか、ありがとう。やっぱり遊園地は、一人で行くもんじゃないね」

「あのなぁ……」

　そんなの、行かなくてもわかりきってるだろ、と僕が言うより先に、まみずが口を開いた。

「じゃあ、次のお願いなんだけど」

　そう言ってまみずは病室のテレビをつけた。相部屋でも各ベッドに一台ずつテレビはあるのだが、まみずがテレビを見ている姿を僕は今まで目にしたことはなかった。まみずはしばらくチャンネルを回してから、午後のニュース番組を表示させた。

「これ、これだよ」

　何か興奮したように、彼女がテレビ画面を指さした。それは新型スマートフォン発売のニュースだった。毎年、発売当日は入手困難で行列が出来ると言われているやつだった。週末の夜が発売日らしい。

「私、徹夜の行列って、してみたかったの」

……僕は無視して帰ることにした。

「待って！　待ってよ、卓也くん」

「絶対嫌だからな！」

「見てよこれ」

そう言ってまみずは、ベッドサイドのチェストの引き出しから、携帯電話を取り出した。それはやけに古ぼけて、白がくすんでアイボリーになりかけているガラケーだった。

「私、今どきガラケーなんだよ。しかもこれ、もう入院前から数えて、四年近く使ってるの。かわいそうだと思わない？」

たしかに今どき、そんなレトロで前時代的な携帯を使っている奴も珍しいといえば珍しい。

「死ぬ前にスマホ、使ってみたいんだよね」

「……でもあれ、けっこう高いぞ。金、あるのかよ」

「じゃじゃん」

と言って彼女は次にまた引き出しから通帳を取り出した。

「何それ」

「お年玉貯金」

そんなの貯めてる奴本当にいるんだな、と思った。

「おじいちゃんおばあちゃんとか親戚の人が毎年くれるんだけど、こんなとこにいたら刑務所の中の人以上に使いようがないからさ。ずっと貯まってるんだよね」

まみずから手渡された通帳を見ると、たしかにけっこうな額が記帳されていた。

「これ使ってよ。暗証番号教えるからさ」

そう言って彼女は、キャッシュカードも一緒に僕に手渡してきた。

「ちょっと待て」

いよいよなんだか重たく感じて、僕は言った。

「そんなの簡単に他人に教えていいもんじゃないだろ」

「なんで？」

まみずはきょとんとした顔になって小首を傾げた。

「だから、それは悪用されたりするから」

「卓也くんは悪用するの？」

「あのなぁ……」

会話にならないが、彼女は多分わざとやってるんだろうという気がした。

「大丈夫だよ、卓也くんは」

とまみずはそんな無根拠なことを言って、僕に通帳を押しつけた。


深夜、家を出ようとしたら、母親に呼び止められた。

「あんた、こんな時間にどこ行くのよ？　誰かと会うの？」

母親は不審そうな顔して僕を見てきた。説明が面倒臭かった。時間は零時近かった。

終電に乗って出かけようとしていたのだ。

「ちょっと外で遊んでくるから」

「そう言ってあの日、鳴子も出かけたのよ」

母親が不必要に深刻な顔で僕を見つめていた。

「卓也、あんた死なないでしょうね？」

母親はそんな素《す》っ頓狂《とんきょう》なことを僕に言った。といっても、母親がそんなことを口にするのは、今に始まったことでもない。

「死ぬわけないだろ」

僕はうんざりしながら答えた。

「ねぇ、卓也。あんたまで変な死に方したら、私……」

一瞬、我慢が出来なくなった。

「鳴子のアレは、ただの交通事故だろ」

「だって……」

母親がまだ何か言おうとしたが、僕はそれ以上何も聞きたくなかった。

「大丈夫だから」

僕は少し面倒臭くなって、そこで会話を切り上げ、外に出た。

電車に乗って、まみずに頼まれたスマートフォンの行列に向かう。

深夜の行列は、春でもけっこう寒かった。世の中暇人が多いのか、けっこうな人数が繁華街の路上にたむろして列を作っていた。僕はガタガタ震えながら、朝がやってくるのを一人で待った。暇だったので、鳴子が死んでからの母親の言動について、なんとなく思い返したりした。


鳴子が死んでから、母親は何故か、僕まで死ぬんじゃないかとずっと変な心配をしているのだ。

「今日は台風が来ているから、学校を休みなさい」

　理由を聞くと、風に吹き飛ばされた看板が頭に直撃して死んだらどうするのか、雨でスリップした車が突っ込んできたらどうするのか、とマジで答えるのだ。

　全く、勘弁してくれよ、と思う。

「夏に刺し身を食べて、食中毒で死んだらどうするの」「風呂の中で寝たら溺死する」「柔道なんかして首の骨を折ったらどうするの」「黒い服なんか着てたら蜂に刺されて死んじゃうじゃない」

　とにかくこんな感じで、僕の母親はといえば、日常の瑣末《さまつ》なことから死の予兆を感じ取ることに熱心だった。

　母親は一時期、怪しげな霊媒師の元に通いつめていたこともあった。それに僕まで付き合わされたりした。というのは、鳴子が交通事故で死ぬ半年ほど前、鳴子が当時付き合っていた彼氏が、全く同じように交通事故で死んでいたからだ。それで母親は、悪霊が取り憑《とつ》いているんじゃないか、と真剣に思ったらしい。そんな経験もないのに、水子の霊が憑いていると言われて、それをしばらく信じていたくらいだ。

　要するに、僕の母親は少し心を病んでいるのだ。

それで昔、カウンセリングに通わされたこともあった。鳴子が死んだ後、それは僕だって、それなりに落ち込んでいた。その様子を見て、母親は心配になったらしい。心が病んで死んだらどうするんだ、というわけだ。

死にたいと思ったことがありますか？

よく眠れていますか？

食欲はありますか？

今、何か困っていることはありませんか？

その全てに「大丈夫です」と僕は答えた。そのときだけは、意識的に明るく振る舞うことを心がけた。

大丈夫です。

僕は正常です。

何の問題もありません。

そのかいあって無事に無罪放免となったけど……それでも、母親はまだ僕のことを疑っているようだった。

この子はいつか死んでしまうんじゃないだろうか。

と、母親はずっと思っているのだ。

たしかにそりゃ、鳴子が死んで、僕の性格は多少前より控えめになったかもしれない。死んだ直後なんか、あまり家族とも口をきかなかった覚えがある。

でもそれは、むしろ当たり前なんじゃないか？という気がした。

姉が死んでから前よりよく笑うようになったとしたら、むしろそっちの方が狂ってるじゃないか。

僕としてはむしろ、母親の方にこそ、カウンセリングに行って欲しいと思ったりしていた。


購入したスマートフォンを持っていくと、まみずはかなり大げさに喜んでみせた。

「やった。ついに私も文明開化だ」

僕は彼女にそれを手渡す前に、ほとんど恨みごとのように徹夜した苦労などを聞かせてやろうとした。でも僕が話している途中で、まみずはスマートフォンの包みを開け始めた。

「おい……徹夜で並ぶことに興味があったんじゃなくて、単にスマホが欲しかっただけじゃないのか」

「そんなことないよ？」

まみずはニコニコとした顔でそう言って、スマホを取り出して目の前に掲げた。

「わー」と感嘆するように声を漏らしながら、目を輝かせた。

「これで卓也くんと色々連絡が取りやすくなるね」

嬉しそうに言うまみずを見ていたら、僕はすっかり毒気を抜かれてしまった。

それからまみずに頼まれて、しばらく基本的な操作を教えてやり、一応僕のアドレスを登録しておいた。

後日、しばらくして、彼女が自分の母親に頼んでいた回線契約が終わり、まみずのスマホはやっとネットに繋《つな》がったらしい。早速メッセージが送られてきた。

Vありがとう

ただそれだけ書かれていた。

もしかして、直接言うのが照れくさかったんだろうか。僕はさらっと「どういたしまして」とだけ返信した。

学校の昼休み、香山が何故かオセロを持ってきて、飯食いながら一緒にやろうと言い出した。僕が断ろうとする前に、香山はさっと前の奴の机を二つくっつけて、オセロと自分の弁当を広げ始めてしまった。

結局、僕は事前に買ってあったパンを食べながら、仕方なく香山の相手をした。

「岡田。初恋っていつだよ？」

香山が、オセロしながら、突然そんなことを聞いてきた。

「小四。隣の席の女子」

「オレは小六。それでお前、どうなった？」

顔もおぼろげにしか思い出せなかった。相手が今どこで何をしてるのかもわからない。

「まぁ、どうでもよくなったな」

別に何か特別アプローチしたり告ったりしたこともなく、クラス替えとともに関係性も淡い恋心も自然消滅した。でも初恋なんて、大体みんなそんなもんだろうと思う。

「オレさ、些細《ささい》なことってそんなに変わらないと思うんだよな。好きな食べ物とか、飯の食い方とか、鼻かむときティッシュ何枚取るかとか」

香山は、意外に器用な箸使《はしづか》いで、弁当のおかずを口に運びながら喋り続けた。

「一枚だろ」

「オレは二枚」

香山が角を取った。僕の白石が一斉にひっくり返されていった。

「でも、大事な気持ちほど、案外オセロみたいに簡単にひっくり返っていくんじゃねーかって思うんだよ」

と香山はよくわからないことを言った。

「でもオレはさ、そういうの本当は嫌なんだ」

ときどき、彼はそういう喋り方をした。つまり、何が言いたいのかさっぱりわからない。

「……そういや最近、お前に言われたとおり、渡良瀬まみずと会ってきたぞ」

僕がそう言った瞬間、香山の箸を持つ手が一瞬止まった。それから、彼はじっと僕の顔を見た。

「なんだよ?」

「……それで?」

「まぁ、わりと元気だよな。詳しいことは知らないけど、少なくとも、当分死にそうにないよ」

色々説明しようかと考えたけど、やっぱりやめにした。彼女と、それからも何度も会っていることとか、死ぬまでにしたいことリストの話とか。でも、勝手にペラペラと人に話していいことなのか、よくわからなかった。

それに、僕をまみずに会いに行かせた真意を、隠し続けている香山に対して、こっちは少しムカついていた。話す義理もないと思った。第一、こんな微妙にわけのわからない話を説明するのが、面倒臭かったというのもあった。

「香山、何か聞きたいこととかあるか？」

「じゃあ、スリーサイズ」

「自分で聞け」

オセロはどうやら香山の勝ちだった。香山は自分から始めといて途中で興味を失ったらしく、最後まで打つのを放棄して立ち上がった。

「会いに行かなくていいのか？」

僕は立ち去ろうとした香山に声をかけた。

「……今はいいよ」

香山は少し考えるように沈黙してから、そう言った。それから「今、女には不自由してないからな」と付け足した。

「お前、手でも出す気でいたのかよ」

僕は笑いながら言った。さすがに冗談だと思ったからだ。

でも香山は軽口一つ返さず、しばらく黙ってじっと僕を見てから、結局はそれ以上何も言わずに自分の席に戻ってしまった。

なんなんだろうな、と僕はいよいよ不思議に思った。

5

まみずの母親の律《りつ》さんは、ちょっとキツい感じのする人だった。

どこか張り詰めた雰囲気があって、でも同時にくたびれていた。顔の造形は整っていて、昔は美人だったんだろうな、と思わせる。だけど化粧っ気は全然なくて、まだ四十代らしいのに、実際より老けて見えた。

「あら、あなた、今日も来てくれたのね」

会うのはその日が二度目だった。言葉は穏やかだけど、言い方にどこか微妙にトゲがあった。律さんは僕の名前を呼ばなかった。いつも「あなた」だった。もしかしたら、突然娘の病室を頻繁に訪れるようになった僕を、わけのわからない存在として、あまり快く思っていないのかもしれない、という気がした。

「じゃあ、私は帰るけど。あんまりはしゃがないで、ちゃんとおとなしく寝てなさいね」

律さんはどこかたしなめるような口調でまみずにそう言って、病室を出て行った。

「なんか卓也くん、今日やけに暗い顔してるね」

まみずが僕の顔を見て少し心配したように言った。

「大丈夫？　体調でも悪いの？」

「いや……………たいしたことじゃないんだけどさ」

「どうしたの？」

「イヤホンが断線した」

僕はポケットからそのイヤホンを取り出してまみずに見せた。病院に来るときに歩きながら曲を聴いていたら、街路樹の枝にひっかけてしまったのだ。今はもう片耳しか聞こえなくなっていた。

「高かったの？」

「別に」

ただ、それは鳴子が高校のとき、最初のバイト代で僕に買ってくれた誕生日プレゼントだったから、なんとなくショックではあった。

まみずは僕のイヤホンを手に取って、しばらくしげしげと眺めていた。それからふっと何か悪巧みを閃《ひらめ》いたような顔になって僕を見た。

「ねぇ、卓也くん」

「なんだよ」

なんかまた面倒臭いことを言い出すんじゃないだろうな、と僕は身構えた。

「ちょっと、イケないことしてみようか」

まみずの言う「イケないこと」とは、病院の一階にある売店に行きたい、ということだった。彼女は基本的にはベッドから離れることを禁止されているらしい。とはいえ、見つかったところでまさか命まで取られるわけでもないし、というのが彼女の言い分だった。


僕が先に歩いて廊下を確認した。看護師や医者に見つかったらそれでゲームオーバーだった。僕たちは慎重に廊下を進み、階段に向かった。エレベーターだと鉢合わせする確率が高そうだったからだ。


まみずは手すりに摑《つか》まりながら、幾分おぼつかない足取りで階段を下りた。

「大丈夫かよ?」

「バカにしないでよ。おばあちゃんじゃないんだから」

一階に下り立ち、無事に売店にたどり着いた。僕は売店の入り口で、見つかったらまずい人間が来ないか見張ってることになった。

「あった！　卓也くん、あったよ！」

しばらくして、まみずが小さく叫ぶ声が聞こえた。振り返ると、何がそんなに嬉しいのか、彼女は子供みたいに手を振っていた。よく見るとその手には、何かのパッケージが握られていた。

「なんだよ、それ」

まみずは近寄ってきて、それを僕の目の前に掲げた。

「よく見て。卓也くんのイヤホンと一緒のやつ」

たしかに、同じメーカーの全く同じやつだった。なんだそりゃ、と思った。まさかこんなことのために、わざわざ病室を抜け出してきたんだろうか。

「これ、ください」

止める間もなく、まみずはレジのお姉さんにイヤホンを渡していた。

「そんなこと言って、現金ないだろ」

僕は冷静にツッコミを入れた。

「じゃん。私には魔法のカードがあるのです」

そう言って彼女が取り出したのは、見慣れないＩＣカードだった。

「病院のプリペイドカードなの。これさえあれば、テレビ見たり、色々出来るんだよ」

「っていうか、別に買わなくていいよ」

と言ったのに、まみずは何も答えずイヤホンを買ってしまった。

「今度は大事にしてね」

「別に……前が大事にしてなかったわけじゃないよ」

ありがとう、と普通に返せばいいのに、僕は何故か別の言葉を口にしていた。

するとまみずは、急に無表情になって、僕をじっと見つめだした。

「なんだよ。何か言いたいなら、言えよ」

次の瞬間、ゆらり、とまみずの体が揺れた。それが何故なのか考える暇もなく、彼女の体が、しなだれかかるように僕に向かって倒れてきた。反射的に手を伸ばして、彼女の体を抱きかかえた。

「おい、何だよ。急に」

「卓也くん。ごめん。困ったことになっちゃった」

そう言って、それからまみずは何故か、自嘲するような笑い声を漏らした。

「体に力が入らないや」

「なぁ、冗談だろ？」

「ほんと」

売店のレジ前で、まるで抱き合うような姿勢のまま動けなくなってしまった。冗談だろ、ともう一度思った。

「あの、誰か呼んでもらえますか」

僕はレジのお姉さんにそう頼んだ。

ちょっとした騒ぎになった。医者と看護師が血相を変えて駆けつけてきた。ストレッチャーっていうやつ、足にローラーがついて移動出来るベッドみたいなものに乗せられて、まみずはどこかに運ばれていった。

「失敗したなぁ」

と運ばれていくとき、まみずは天井を眺めながらぼそっと言った。

勿論、僕もタダじゃすまなかった。

一時間もたたずに、いったん家に帰りかけていた律さんが引き返してきたのだ。

病室のまみずのいないベッドの脇で、僕と律さんは向かい合って椅子に座った。

「正直言うとね。あなた、あんまり来て欲しくないの」

律さんは単刀直入に言った。声には、はっきりと怒りが含まれていた。

「すみません」

僕はとくに言い訳せず、ただ謝り続けた。

「悲しいことだけじゃなくて、楽しいことも、人間にとってはストレスなの。わかる？　あの子はね、普通じゃないんだから」

そんなことを、律さんは言った。ひとしきり、僕はそうやって、静かに怒られていた。言い返したい言葉は、何十個も頭に浮かんだけど、何も言えなかった。

しばらくそうしていると、まみずが病室に戻ってきた。

彼女は車椅子に乗せられていて、看護師さんがそれを押していた。

「あんまり、無茶させないでね」

岡崎《おかざき》、という名札を胸元につけた気の強そうな看護師さんが僕に向かってそう言った。僕はただ、頭を下げた。

それからまみずは、看護師の岡崎さんと律さんの手を借りて、ベッドの上に這い上がった。壁に背をつけて、起き上がるような形で僕たちを順番に見渡した。

「そんな怖い顔で見ないでよ。みんな大げさだよ。だってこんなの、前からたまによく、なってたでしょ。売店行ったからなったとか、そんなんじゃないよね」

「そういう状態だから、勝手に出歩いたら大変なことになるかもしれないよね」

　岡崎さんが、たしなめるようにまみずに言った。

「あなたもね、そういうわけだから、あまり勝手なことを言って、まみずをそそのかさないで欲しいの。出来ればこれを機に、もう来ないで……」

　律さんがそれ以上僕に何か言いかけたそのとき、まみずの目から、つーっと涙が一筋、流れ出した。

「ごめんなさい」

　律さんがたじろいだのがわかった。

「卓也くんは悪くないんだよ。私が強引に連れ出しただけで。だから、そんなこと言って怒らないでよ。怒るなら、私一人、怒って」

　まみずは目を真っ赤にして泣いていた。

「渡良瀬さん、落ち着いて」

　看護師の岡崎さんはまみずにそう言ってから、律さんに目で合図した。それで律さんも、何か諦めたような顔になって、姿勢を崩した。

「私、これから用事あるのよ。とりあえず今日は、もう帰るからね」

　そう言って、律さんは僕には目もくれず病室を出て行ってしまった。

「あんたも、早く帰りなさい。まぁ……何事も、ほどほどにね」

岡崎さんは最後に一言そう言ってから、慌ただしい足取りで出て行った。

素直に僕も帰ろうとして、立ち上がりながらまみずを振り返った。彼女はまだ泣いたままだった。

そのまみずが、泣きながら僕を見て言った。

「まぁ、嘘泣きなんだけどね」

ずっこけそうになった。それは演技だとしたら、いやに堂に入った素振りに見えた。

「これ、そう簡単に止まらないのよ」

まみずはまだ、さめざめと涙を流していたが、でも口調だけはいつものものに戻っていた。

「でもごめんね。迷惑かけて」

「とりあえず、泣きやめよ」

僕はハンカチを取り出して、彼女に手渡した。

「ありがとう。……卓也くんって、たまに優しいね」

「たまに、が余計だよ」

そうして、しばらく僕は、彼女が泣きやむのを待った。

「いつも、悪いなって思ってて。何かちょっとくらい、卓也くんにしてあげたくてさ」

自分の失敗を恥じ入るような口調で、彼女は言った。そんなこと思ってたのか、と僕は少し意外に思った。

「大事にするよ、イヤホン」

僕がそう言うと、彼女ははっとしたような顔で僕を見た。

「変な顔すんなよ」

「元からこんな顔なのよ」

そう言って、彼女は少し照れたように笑った。

6

隣県の、別に政令指定都市でもない愛生市《あいみし》は、とくにこれといった特徴のない町だ。コンクリートで満遍なく舗装されて、チェーン店に蹂躙《じゅうりん》されてる。普段、僕の通う高校の生徒が、この町に遊びに来るようなことはまずないだろう。遠すぎるし、代わり映えもしなさすぎる。

わざわざ電車で三時間もかけてこんなところにやって来たのには、勿論理由があった。

この町には、まみずの父親が住んでいるのだった。

何故、こんな遠く離れた場所に父親がいるのかというと、香山が言っていたとおり、まみずの両親が離婚していたからだ。

母親である律さんと、会社を経営していた父親との間で話が行われ、まみずのことは律さんが引き取ることになったらしい。でも、その離婚の原因というのは律さんから直接聞かされることはなかった。聞いても、はぐらかされるばかり。

「なんで離婚したのか、その理由を、私のお父さんに聞きたいの」

というのが今回のまみずの「死ぬまでにしたいこと」だった。

いくら何でも他人の僕に頼むには、それはヘビーすぎるんじゃないのか、と思った。

「お願い。すごく真剣に、死ぬまでにどうしても知りたいの。でも、お父さんの電話番号もメールアドレスも教えてもらってない。どうすればいいかわかんないの」

そう、まみずは真剣に頼んできた。これまでとは違う、シリアスな口調で。

「もしかして」

僕は一つ思い当たるところがあった。

「まみずは今まで、このことを頼むために、僕を試してたのか？」

僕がスノードームを壊したときに、彼女は自分の『死ぬまでにしたいこと』をかわりにやって欲しいと言い出した。そのスノードームは、彼女が父親からもらって、大事にしていた物だった。

あのスノードームは、まみずの心象風景だったのかもしれない。

そこだけ時間が止まったように雪が降り続けるガラス球の中の世界。

その中に佇《たたず》む家の姿は、かつて幸福だった頃の記憶を、まみずに思い起こさせていたのかもしれない。

彼女は、あのスノードームのかわりに、父親とのコミュニケーションを欲したのじゃないか？　でも、自分は父親に会うことができない。だから代わりに、僕にやらせようと思ったんじゃないか。

これまでのことは全部、そのためのテストみたいなものだったんじゃないか。いきなり重い頼みをするのは気が引けたからじゃないのか。そんなことを、僕は思った。

「……そんなわけないじゃん。卓也くんに無茶なことさせて遊んでただけだよ」

「まぁ、わかったよ」

結局まみずのその話を聞いてしまった時点で、なんだか断れないな、という気持ちになっていたのだ。

「やれるだけ、やってみる」

そう言って、僕は病室をあとにした。

唯一の手がかりは、住所だけがわかっているということだった。まみずの父親は、かつてまみずたちが家族で暮らしていた家を離れ、自分の実家で暮らしているらしい。その実家が、この愛生市にあった。スマホの地図アプリを頼りに、その実家を探し当てた。

表札には「深見」と書かれていた。

少し緊張したが、思い切ってインターホンを鳴らした。

「どなたですか？」

男の声だった。彼がまみずの父親だろうか？

「深見真《まこと》さんはいらっしゃいますでしょうか」

「そんな者は、うちにはおりませんが」

その声には、何かすごく暗いものがあった。そして、警戒心のようなトーンがそこには含まれていた。でも、確かにまみずの父親はここで暮らしていると聞いている。それなのに、いないというのはどういうことだろう。

「どういったご用件ですか？」

「あの、僕、岡田卓也と申します。実は、まみず……まみずさんの知人でして。少しお話しさせて頂きたいことがあるのですが」

「まみずに何かあったのか？」

急に声のトーンが変わり、切迫した色を帯びた。そのまま、音声が途切れる。しばらくして、中から中年の男が少し慌てた様子で出てきた。

無精ひげを生やし、日焼けした浅黒い筋肉質の男で、いかにも寝間着、というような服装をしていた。あまり冴えた印象は受けない。

「私が、深見真です。まみずの父です」

正直言って、会社を経営している社長、というステレオタイプなイメージからはほど遠い。それが僕のまみずの父親に対する第一印象だった。

「なるほど。話はわかりました」

僕は真さんに家の中に通され、居間のテーブルで彼に、今日来た用件を話した。まみずが、離婚の理由を知りたがっている、ということを。

「まみずさんは……なんていうか、自分の病気、発光病になってしまったことが、原因じゃないかって思ってるようなんです。それに嫌気がさして、捨てられたんじゃないかって」

「いや……多分、正直に話してこなかった私に原因があるんだと思います」

そう言って、真さんは僕をまっすぐな目で見た。

「ところで、卓也くんは、まみずの恋人なのかな？」

ぶ、と思わず出されたお茶を吹き出しかける。

「ち、違います！　なんていうか……ただの知り合いです」

「でも、少なくともまみずは、君のことを信用してるんじゃないかな。ただの知り合いに、こんなこと頼んだりしないだろう」

それは……どうなんだろうと思う。まみずは僕のことをどう思っているんだろう。わかるようで、わからない。

「ところで卓也くんは、私のことをどう思う？」

「へ？」

そんなことを聞いてくる大人に、僕は初めて出会ったような気がした。高校生の目に、自分がどう写っているのかを気にするなんて、真さんのその問いかけは少し僕には新鮮だった。

「なんだか、すごくワイルドだなって思います」

正直に言うと、真さんはあっけらかんと笑った。その笑い方は、ちょっとまみずに似ていた。

「とても会社を経営している社長には見えないだろ？」

笑顔のまま、目つきだけを急に鋭く尖《とが》らせて、真さんは言った。そういうところも少しまみずっぽい。

「いや、あの……」

僕は言葉に窮してしまった。

「君は嘘がつけないタイプだな。……苦労するよ、女で」

そんな暗示めいたことを一つ言い置いてから、真さんは手元にあった自分の分のお茶を一気に飲み干した。

「実はもう、私は社長ではないんだ」

そして真さんは僕に、離婚の真相を話し始めた。

真さんは元々、僕たちも暮らす町で小規模な部品メーカーを経営していた。

ほとんど町工場に近いところから始まったその会社は、幾つかの大手企業との取引を開拓することに成功し、急成長していたそうだ。でも、大規模な設備投資をしたのと同じタイミングで、大口の取引先が潰れ、そのあおりを受けて、倒産、してしまったらしい。

自己破産に追い込まれた真さんは、悩んだ挙げ句、破産前に律さんと離婚することにした。自己破産となった場合、持ち家や預貯金などの個人資産は全て没収されることになる。

発光病であるまみずの治療には多額の費用がかかる。治療費のかさむ病気だ。治る可能性もなく、治療法も確立されていない。基本的には入院しながら治療を続けていくことになる。離婚することで、まみずの治療費のためのお金を残すことができる、と真さんは考えたのだ。

一方、真さんは、債権者や取り立てなどの手前、まみずやその母親と会うことには問題があった。だから連絡先すら、まみずには教えていなかった。真さんはいったん実家に戻り、高齢の母親、まみずにとっては祖母にあたる人と暮らしながら、今は建設現場で危険な肉体労働をしているのだという。そして、こっそり律さんにお金を仕送りしているらしい。

そのことを二人はまみずに対して秘密にしておくことにした。裕福だった頃の生活しか知らない、病気療養中の娘に、余計な心配をかけたくなかった。

全て正直に打ち明ければ、まみずが、どうせ通える目処《めど》の立たない学校を辞めると言い出すだろうと思った。だけど、いつか奇跡的に病状が回復したときのためにも、真さんは学校を諦めて欲しくなかった。「でも、それだけじゃなく、娘に何もかも正直に打ち明けるには、かつての私は少しプライドが高すぎたのかもしれない」と真さんは言った。

それがまみずの両親の離婚の真相だった。

あまりのことに、僕は満足に相づちも打てずに黙って話を聞いていた。話を終えたあと、真さんは「この話、娘に話すのか？」と尋ねてきた。彼の中にはまだ、迷いがあるようだった。

「生意気かもしれないんですが……でも、優しさや配慮で何かを隠すって、僕は残酷なことだと思います。隠された方からしたら、たまったもんじゃないです」

「君、言うねぇ」

真さんは苦笑しながら僕の話を聞いていた。それでも僕は言葉を続けた。

「まみずさんは、死ぬ前に真実を知りたいと思っています」

「死ぬ、か。随分はっきりした物言いをするんだな」

ふっと真顔になって真さんが言った。一瞬、怒っているのかと思った。でも、違った。

「卓也くんの言うとおりかもしれないな。まみずに、ちゃんと伝えるべきかもしれない」

それから真さんは笑顔を作って、僕に笑いかけた。僕はなんだか、喋りすぎた自分が少し気恥ずかしくなって顔を伏せた。

「実は僕、一つ、真さんに謝らなきゃいけないことがあるんです」

そう言って僕は、鞄からある物を取り出した。それは僕が壊したスノードームだった。

「僕が落として割っちゃって。本当にごめんなさい」

スノードームの中身の、むき出しになったログハウスが、横倒しになっている。

「君は本当に嘘がつけないんだな」

と言って真さんは驚いたような顔をした。

「いいさ。形ある物は、いつか壊れる」

と、真さんはまみずと全く同じことを言った。

「でも、まみずは……」

そこから先、言葉が続けられなかった。

「きっと、悲しんでます。すごく」

　何とか言葉を言い足した。

「わかったよ。まぁ、なんとかする」

　真さんは「気にするな」と僕に言った。

「あの、まみずさんに、連絡先くらい教えてあげてもらえませんか」

　帰り際に、僕は真さんに頼んだ。

　真さんはかなり長い間考え込んでいたが、「会ってくれと言わない約束なら」と僕にメールアドレスを書いたメモを渡してくれた。

「卓也くん、まみずと仲良くしてやってくれよ」

　最後に真さんにそう言われた。僕は「はい」とだけ言った。


　病室に行くと、渡良瀬まみずはやっぱりその日も本を読んでいた。よく見ると、それはいつも同じ文庫本だった。飽きもせずよくそんなに同じ本ばかり読んでいられるな、といつも思う。

「どうだった？」

　その本のページから目も離さずにまみずが言った。

「お父さん、女でもつくってた？」

それがまみずの本心から出た言葉ではないということは、なんとなくわかった。まみずも、僕の報告を聞くにあたって、緊張しているのだ。それを隠すために、強がるようにそう言っているに過ぎない。それでも僕は、そんな口調や態度で、真さんの話を聞いて欲しくなかった。

「真さん、ちゃんと話してくれたから」

僕はまみずのベッド横の丸椅子に座り、じっと彼女を見た。それから、彼女が本のページをめくる手を押さえた。

「だから、まみずも、ちゃんと聞いて」

「……わかった」

やけに素直に、まみずが返事をした。

それで僕は、真さんから聞いた話を、順を追って彼女に話した。

真さんは決してまみずのことを見捨てたりしていないこと、それとは正反対に、今もまみずのために一生懸命働いていること。病床のまみずに、生活の心配をさせたくなくて、離婚の理由を黙っていたこと。でも、このことを知ったからといって、まみずには何の心配もして欲しくないこと、これまで通りの気持ちでいて欲しいこと。

真さんの想いが、なるべく正確に伝わるように、ゆっくりと時間をかけて、僕は話した。そして最後に、真さんから預かってきた連絡先のメモを渡した。

「じゃあ、お父さんとお母さんは、仲が悪くなって離婚したわけじゃなかったんだね」

まみずは僕の話を聞き終えると、まずそう言った。

「ああ。今でも、大切なパートナーだ、って真さんは言ってたよ」

「ねぇ、卓也くん。私が病気になってなかったら、二人は別れてなかったよね」

そんなことをまみずは言う。

「違うよ、まみず」

「私なんか、生まれてこなければよかったね」

まみずは暗い顔で言った。

「そんなことない。真さんは、君のお父さんは、そんなこと思ってない」

僕は条件反射で、ほとんど何も考えずにそう言っていた。そんなことを当然のように言った自分に、僕自身がビックリした。

「だってそうでしょう。私が病気になって、私は身の回りの人を不幸にしてるだけ。それで、それでも病気が治って生きられるなら、まだ、いいよ。でも、私、多分きっと死ぬんだよ。だったらこんなの、意味ないよね」

まみずはぞっとするほど暗い声でそう言った。こんなとき、なんて言えばいいんだろう？　僕は何か言おうとした。元気出せよとか、大丈夫だとか、色んな言葉が頭に浮かんだが、でもそのどれも適切なものだとは思えなかった。

「卓也くんだって、迷惑だよね。私みたいな面倒臭い女の子、病気の女の子と会って。言うこと聞いてくれて。私、もう卓也くんに甘えるのも、やめるね」

そのとき僕は前向きな言葉をまみずにかけることが出来なかった。まみずのその切実な思いは、軽い言葉で癒せるものじゃないと思った。そんな言葉をかけるには、僕という人間は軽すぎるんじゃないかと思った。それに。

そんな言葉は、僕自身が信じられなかった。自分が信じてないことを口にしても、それはどうしても嘘くさく響いてしまうだろうと思った。

「『死ぬまでにしたいこと』のリスト、まだたくさんあるんだろ。次は僕、何をすればいい？」

僕が言うと、まみずがビックリしたような顔でこちらを見た。

「でも、嫌じゃないの？」

僕は少し考えてから言った。

「まぁ……嫌じゃないかな」

それ以上素直になるのは、僕もちょっと難しかった。

「卓也くんって、もしかして、すっごくいい奴？」

まみずはきょとんとした顔で僕を見た。

「そうだな」

僕は呆れながら返した。

最初で最後の夏休み

first and last summer

1

夏休みになった。まみずと最初に会ったのは春先だったのに、もうすっかり汗が滲《にじ》むような暑い夏の日だ。いつの間にか、季節の移り変わりを、まみず中心に記憶するようになっている自分に驚いてしまう。

普段の夏休みというのはそれはもう暇だった。というのに、この頃の僕は少し忙しい。

「私、メイド喫茶でバイトしてみたかったの」

と、まみずが言った。

まぁ、たしかに最近、金欠気味だったから、バイトをする必要性を感じてはいた。職業選択にこだわりのようなものなんてなかったし、どこでもいいといえばどこでもよかった。

だからといって、何もメイド喫茶で働く必要はないのだけど。

ダメ元というよりヤケクソで電話してみたところ、何故か面接までこぎつけることが出来た。指定された日時に行くと、営業中のメイド喫茶、奥の事務室に通され、早速面接ということになったのだった。

　僕を面接したのは、オーナーと名乗る三十代前半くらいの男だった。黒いシャツに白ネクタイ、クロムハーツ、腕から覗くタトゥー。どう見ても、カタギには見えないファッションをしていた。

「キッチンがちょうど、男手が欲しいところだったからさ」

　メイドさんが出す料理を作る役目ということらしい。なるほど、それなら男でも大丈夫だ、とそこで初めて納得がいったような顔をした僕を、オーナーは珍しいものでも見るような目で眺めた。

「なんだよ。まさかメイドさんになりたかったわけじゃないだろ？」

　彼は冗談のつもりで言ったのだろうけど、僕は苦し紛れに愛想笑いすることしか出来なかった。

　早速明日から来てよ、ということになった。メイド喫茶で働くというまみずのリクエストからもそう外れてはいないし、とりあえずバイトしたいという自分の目的も果たせることにはなる。まぁこれなら上出来だろう、と僕も二つ返事で了承した。

　バイトも決まったし、少しくらい金を使ってもいいような気になった。「私、ペット飼ってみたかったの」とまみずが言っていたのを思い出したからだ。

彼女の家は、両親ともにアレルギーがあって、犬や猫を飼うことはなかったらしい。検査したところ、まみず自身にもアレルギーがあったということだった。

「なんか、犬とか猫じゃなくてもいいから、すぐ死ぬのは嫌だな。せめて私より先に死なない、長生きするのがいいな」

「亀とか？」

僕が冗談で言うと、彼女は「それ！」と言ったのだった。

っていうかそもそも、亀ってどこで買えばいいんだ？

メイド喫茶の帰りに、ネットで検索すると、ちょうど近くに亀を売っている店があった。ホームセンターのペットコーナーに行くと、たしかに亀が売られていた。

亀、安かった。

今まで僕は亀の相場なんて知らずに暮らしてきたけど、高い亀でも千円もしない。これならバイト代が貯まるのを待つまでもなく、すぐに飼えるんじゃないか、という気がした。

鶴は千年、亀は万年。

なんて言うけど、実際のところ亀ってどれくらい長生きするもんなんだろう。まさかさすがに、本当に一万年生きたりはしないだろう。それじゃ妖怪だ。

店員さんに話を聞くと「長いと三十年くらい生きますねー」と答えてくれた。でも、そこから更に話を聞くと、亀は水槽だの何だのと飼育道具をそろえるのにそこそこ金がかかるらしい。もう少ししてからまた来ます、と言って僕はいったん退散した。


「お帰りなさいませご主人さま～！　リコちゃんでーす！」

バイト初日、明るい髪をしたショートヘアーのメイドさんが、僕を出迎えてくれた。なんだか、すごく申し訳ない気持ちになった。

「あの、今日からバイトで入る、岡田です」

すると、彼女の顔がみるみるうちに赤く染まっていった。

「つ、通用口はあっちだよ。こっちはお客さん用の玄関」

悪いのはどう考えても僕なのに、彼女はかなり照れたような顔で僕に言った。

「私は、平林《ひらばやし》リコ。永遠の十七歳だけど、本当に十七で、高校二年。これはお客さんには内緒だけど。よろしくね」

僕は彼女に軽く礼を言ってから、通用口に向かった。

中に入ると、オーナーは不在だと言われた。自己紹介する間もなく、忙しなく働いていた先輩のメイドさんから、いきなりキッチンに入れと言われた。調理担当の僕は制服がなく、白シャツに黒ズボンという規定があるだけだった。そのまま、制服代わりのエプロンを身につけて、キッチンに入る。

驚くべきことに、キッチンには先輩がいなかった。

話を聞くと、調理担当の人間はもう何ヶ月も前にオーナーとケンカして辞めてしまい、それからはメイドさんたちが交代で掛け持ちして回していたのだという。

「早く、手伝って」

店内のゆったりとした雰囲気と反比例するかのように、キッチンの中は地獄のような忙しさだった。殺伐とした空気の中、立ち止まることなく手を動かすメイドさんたちに混じり、僕は見よう見まねで仕事を手伝った。

「お疲れ」

正午から始めて、終わったのが夜十時だった。くたくたに疲れて、事務室でへたれていた僕に声をかけてきたのは、あの出勤のときに会ったショートカットのメイドさんだった。

「あー……リコちゃんさん」

この店では、メイドさんたちは下の名前にちゃん付けで呼び合っていた。お客さんもそう呼ぶし、それにスタッフたちも統一していた。僕は少し照れくさかったが、郷に入っては郷に従え、とくに流れに逆らうことなくその慣習を踏襲、でも年上なので、敬称重複さかなクンさん方式を採用し、さんはつけていた。

「岡田くん、バイト初日、どうだった？」

「生まれて初めてケーキ作りました」

とにかく人手が足りてないから、なんでもさせられた。僕はバイトするのは初めてだったが、こんなに疲れるものだとは思わなかった、というのが正直な感想だった。

「もしよかったら、一緒に帰ろっか」

と言われて、とくに断る理由もなかったので、リコちゃんさんが着替えるのを待って、二人で帰ることになった。

「岡田くんって、私と同い年くらい？」

「いや、一個下ですね。高一です」

「わ！　そうなんだ。ここのバイトさ、みんな意外と年上ばっかりでさ。私が一番下だったの。だから、岡田くんが入ってくれて、嬉しいな！　……実はさ、調理専任って、きつくてみんなすぐ辞めちゃうんだよね。だからちょっと心配になって、声かけたの」

なるほど、やっぱりあの仕事はどちらかというときつい部類に入るらしい。

「まぁ、でも……僕は続けると思います。多分」

そう答えると、リコちゃんさんは驚いたような顔をした。

「へー、そんなこと言う人珍しいよ。なんか、理由でもあるの？　お金貯めて、彼女にプレゼントでも買ってあげたいとか？」

「……まぁ、理由はあります」

「彼女は？」

「いるように見えますか？」

「微妙かな～」

と言ってリコちゃんさんは笑った。


夜、くたくたになって家に帰ると、両親はすでに寝室に引っ込んでいるようだった。食卓に晩飯がラップして置かれていた。あんまり食欲がなかったので、それは冷蔵庫に入れて、さっとシャワーを浴び、僕も自室に引っ込むことにした。

階段を上って廊下に出たとき、姉の鳴子の部屋のドアが開いているのが見えた。それは珍しいことだった。鳴子の部屋は、死後もそのままの状態で残されていた。いい加減、鳴子の荷物なんか捨てて、物置にでもした方がマシじゃないかって思うこともあったが、かといってそれを両親に言おうという気にはなれなかった。勿論、普段は誰も入らない。

中に入って、部屋の電気をつけた。多分、母親が入ってたんだろう。部屋の押し入れが開いたままになっていた。少なくとも、父はそんな感傷的な振る舞いをするタイプじゃない。押し入れの中には段ボールが積まれていて、中には姉の当時の私物なんかが押し込まれている。

こんなもの見たって。ただ、悲しくなるだけなのに。

そう思いつつ、僕も段ボールの中身を見てしまった。一番上の箱の中には、教科書とかが入っていた。鳴子は僕とは違う高校に通っていたから、そのラインナップもだいぶ違っていた。国語の教科書を手に取って、パラパラとめくる。

赤い線が引いてあるページがあった。

中原中也《なかはらちゅうや》の、「春日狂想」という詩だった。

愛するものが死んだ時には、

自殺しなきゃあなりません。

最初の一行目、そこに赤線が引いてあった。

……赤線が引いてあるということは、姉がその詩に特別な興味を抱いていたということなんだろう。それにしても、僕は詩がさっぱりわからなかった。というか、詩が理解出来る奴なんてこの世にいるんだろうか？　少なくとも僕は今まで生きてきて出会ったことがなかった。自分の姉が、詩を理解出来る人種だった、ということを僕は少し意外に思った。生前の鳴子は、どちらかというと……少なくとも彼氏が死ぬまでは活発なキャラで、決して文学少女という感じではなかったからだ。

鳴子の彼氏のことを思い出した。

いかにもって感じの爽やかなスポーツマンで、僕は苦手なタイプだったけど。

鳴子はどのくらい彼のことが好きだったんだろう？

それにしても、暗い詩だった。こんな詩が教科書に載ってていいのかよ、と思うほどに。

愛するものが死んだ時には、自殺しなきゃいけない。

そんなわけないだろ、と僕は心の中で軽く、ツッコミを入れた。

「ハートマークのオムライスとか、本当に出てくるの？」

まみずは興味津々《きょうみしんしん》、という顔で僕のバイトの話を聞きたがった。

「っていうか、だいたい僕がつくってる」

と言うと、何がそんなにツボだったのか、まみずは腹部を押さえておかしそうに笑った。

「ひー、やめてよ、お腹痛い」

「結構面白いよ。メイド服も凝ってるしさ」

そう言って僕はまみずに携帯で撮ってきた写真を見せた。

「この人……誰？」

「ああ、リコちゃんさん。制服の写真撮りたいって言ったら、モデルしてくれた。一個上の先輩」

「ふーん」

何故かまみずは急につまんなさそうな顔になって、僕を睨んだ。なんで突然機嫌が悪くなったのかさっぱりわからず、僕は困惑した。それから、まみずは怒ったように言った。

「私、バンジージャンプがしたい」

ナイフで刺すような口調だった。

「……いやいやいやいや」

「したいしたいしたいしたい！」

駄々をこねるようにまみずは言った。

「絶対しないからな」

僕は彼女にそう言った。

2

某日、僕は辺鄙《へんぴ》な山の吊り橋のふもとで、誓約書にサインをさせられていた。簡単に言うとそこには、何か事故があって怪我したり死んだりしても、自己責任ですよ、というようなことが書かれていた。その文面がますます、恐怖感をあおる。一気に、帰りたくなった。

しかし、いったんそこにサインすると、あとは列に並んで順番を待つだけとなってしまった。

「きゃああああああああああああ！」

飛んでいった女性が、断末魔の悲鳴のようなものをあげていた。

なんでわざわざお金を払ってこんなことをしなきゃいけないんだ。

何かすごく理不尽な目に遭っているような気がした。

そうして、ビビっているうちに僕の順番がきた。係の人によって、あっという間に僕の体に金具が固定されていく。覚悟を決めるしかなかった。

吊り橋の真ん中にある所定の位置につき、僕は携帯を取り出してまみずにビデオ通話をかけた。画面の向こうで、まみずは今か今かと僕のバンジージャンプを待ち構えていた。

「ちょっと、携帯は置いていってください」

係の人が注意してきたが、止められるより先に僕は、跳んだ。

宙を舞った。

視界がとんでもないことになっていた。猛スピードで吊り橋の下の川の水面が自分に近づいてくる。本能的に思った。これは死ぬ、と。

「うわあああああああああああああ！」

情けない絶叫をあげながら落下した僕は、ワイヤーロープが伸びきったところで今度は、反動で上昇した。僕は空を飛んでいた。

「きゃはははっ」

まみずは爆笑していた。そんな彼女の様子をそれ以上確認する余裕など、僕にはなかった。

「うわあああ」

「きゃははは」

「うわあああああ」

「きゃはははははっ」

それを何度も繰り返してるうちに、やっと僕の体は静止した。ロープに吊るされて、振り子時計のように揺れていた。

「これで満足かよ?」

僕は少しうんざりしながらまみずに言った。

「うん、楽しかった」

と、まみずはいやに嬉しそうに、笑って言った。

ある日、朝の十時に香山から電話がかかってきた。どうせ面倒臭い用事に違いないと思ったので、一瞬無視しようか迷ったが、結局出た。

「手伝って欲しいことがあるんだ」

開口一番香山が言った。電話に出たことを速攻で後悔した。

「最近、オレが何してると思う？」

「心の底から興味ないな」

別に香山のプライベートに興味はないし、何でも勝手にやってくれてたらいいと思った。僕を巻き込まない限りは。

「女関係の整理してんだ。全員と手を切りたくなってさ」

香山に彼女はいない。「オレは彼女つくらない主義だから」というのが香山の口癖だった。しかしその一方で、香山は女にモテた。それで手当たり次第に手をつけて、一学期なんかでもたまにトラブルになることがあった。それが一体どういうわけか、電話口で香山は、全員と別れるつもりだと言い出していた。

「厄介な女がいるんだ。どうしても別れてくれない。オレが言っても埒《らち》があかないから、かわりにお前が別れ話をしてくれ」

「お前なぁ……」

僕はもう呆れるしかなかった。別れ話すら他人任せなんて、こんな不誠実な話があるだろうか？

「とにかく僕は絶対嫌だからな」

「……なぁ、岡田。オレ、どうしたらいい？　もう追い詰められててさ。頭おかしくなりそうなんだ」

香山は急にしおらしい声になった。彼がどのくらい落ち込んでるのか、顔の見えない電話越しにはなかなかはかりかねた。

「ちょっと今日会えないか？　直《じか》に会って相談に乗ってくれ」

結局、香山に半ば強引に押し切られて、相談だけという約束で会うことになった。近場のファミレスの、窓際の席で待ち合わせようと言われた。指定された場所に着く頃に、香山から「窓際の一番奥の席にいる」と携帯にメッセージがあった。ところが、そこに香山はいなかった。かわりに、別の人間が座っていた。

その人のことを、僕はよく知っていた。

「あれ？　なんで岡田くんが……？」

そこにいたのは担任の芳江先生だった。一瞬頭がパニックになった。それから、最悪の可能性に思い当たって、頭が痛くなった。あいつマジ殺したいな、と思った。

というのは、そこで芳江先生は、泣いていたからだ。僕が来る前から、ずっと泣いていたのだ。

「もしかして、芳江先生、香山に呼び出されました？」

「え？　……うん、そうだけど」

芳江先生は僕が来る直前まで携帯をいじっていた。それで香山に席の場所を知らせたんだろう。

「香山は来れないんです。だからかわりに……僕が話を聞きますけど」

「うわ、岡田くんに、私とのこと話してるんだ。彰くんって本当に人のこと見下してるよね」

芳江先生は、香山くん、じゃなくて、彰くん、と呼んだ。それで僕はいよいよ、事情を飲み込むしかなくなった。

香山が手を出していた女、別れようとしていた女、それがつまり僕らの担任教師である芳江先生だったということなのだ。

いくら何でもお前節操がなさすぎるだろ、と思った。

「あいつはなんか人間として大事なところがぶっ壊れてるんですよ。マトモに相手しない方がいいですよ」

僕は芳江先生をなぐさめるつもりでそう言った。というか、こういうときにどう振る舞っていいのかわからなかったのだ。自分の別れ話すらしたことがないのに、どうして他人の別れ話なんか出来るんだ。

「つまり、あいつは生身の人間と誠実に付き合うことができないんですよ。前に一度、人生観を聞いたことがあるんですけどね。ゲーム感覚なんですよ。同時並行で何人と付き合えるか、試してるだけなんです。自分のことしか考えてないんです。

僕は今日、かわりに先生と別れ話してくれって頼まれてここに来たんですよ。どうですか？　あいつ最低でしょう」

「岡田くん、なんでそんなに彰くんのこと悪く言うことができるの？　二人は、友だちなんじゃないの？」

「友だちじゃないです。別に仲良くないですよ。僕は香山のこと、わりと苦手なんです。別世界の人種だから」

「じゃあ、なんで岡田くんは今ここに来てるの？」

「僕にとって香山は、友人じゃなくて…………恩人、なんですよ。説明が難しいんですけど。ただそれだけなんです」

「わけわかんないよ」

芳江先生はそう言って顔を伏せた。

「私、彰くん見てるとたまに怖くなるの。危ういのよ。簡単にドロップアウトして、人生、棒に振りそうな気がする。心配でしょうがなくて、離したくないの。彰くん、たしかお兄さんを事故で亡くしてるのね。それからグレ始めたって話、中学の先生から聞いてるけど。それに、学校で自殺未遂したことあったでしょう？　けっこうね、そういう報告って、中学から高校の方に来てるのよ」

僕は思わず笑いそうになってしまった。

「先生、それは勘違いです。香山は絶対自殺未遂なんかしないですよ。あいつは、生きる意志の塊ですよ。先生に心配されなくても一人で生きていけるし、そもそも絶対に他人に影響されたりしない。だから大丈夫なんです。僕はそういうとこだけは、ちょっと尊敬してたりするんです」

芳江先生は、理解出来ない、という顔をしていた。

「私って今、香山くんだけじゃなくて君にもバカにされてコケにされてるんだよね。すごく惨めだな。情けなくてどうしようもなくて、消えたい気分だ」

「ごめんなさい」

僕は謝ってみせた。

「私は本気だったの」

「香山は遊びだった」

僕はほとんどおちょくるように、芳江先生の言葉にリズムを被せて言った。芳江先生を怒らせたかったからだ。怒って、その怒りをぶつけて、気持ちに踏ん切りをつけて欲しかった。

「岡田くん、お願いがあるんだけど」

「なんですか」

「あなたにコーラぶっかけてもいい？」

「いいですよ」

次の瞬間、芳江先生は飲んでいたコーラを本当に僕にぶっかけた。びしょ濡れになった僕を残して、芳江先生はファミレスを去って行った。

ファミレスを出て香山に電話した。

「芳江先生、優しい人だと思うよ」

「だから、一緒にいたくないんだよ」

香山は笑いながら答えた。サイコパスみたいな笑い方だと思った。

「僕、お前のこと嫌いだよ」

僕はそれだけ言って、電話を切った。

　バイトはまだ全然慣れなかったけど、リコちゃんさんのおかげもあって、幸い人間関係で苦労することはなかった。女子ばかりの職場で浮いたりしないかとちょっとは心配だったけど、リコちゃんさんが何かうまいことフォローしてくれてるらしい。そういう雰囲気があった。

「リコちゃんさん、いつもミス、フォローしてくれてますよね。すみません、ありがとうございます」

　ある日の帰り、僕はまたリコちゃんさんと一緒になり、素直にお礼を言った。

「岡田くんに辞められたくないからねー。キッチンの人が定着してくれないと、私も嫌なのさ」

　リコちゃんさんはそう言って少し照れたように笑った。

「これから岡田くん、なんか用事あるの？」

　とふと、リコちゃんさんがなんてことのないような口調で言ってきた。

「ああ……すみません。実はちょっと、これから踊りに行くんです」

「へ？」

　僕が言うと、リコちゃんさんはビックリしたような声を出した。

「ちょっと、近くのクラブで」

「ひょえー、岡田くん、そんなとこ行くような人に見えなかったけど」

「いや、うん。そんなとこ行くような人じゃないんですけどね」

僕は説明に困ってしまった。

「……じゃあ、私も一緒についてく」

とリコちゃんさんが言った。今度は僕が驚く番だった。

「リコちゃんさんこそ、踊らないタイプに見えますすけど」

「こう見えて踊るのよ」

本当かどうなのか、彼女はそう言って不敵に笑ってみせた。

>今、君の望み通り、クラブに来てるよ
まみずにそうメッセージを送ると、すぐに返信が来た。
>どんな感じ?
>怖い
それが正直な感想だった。刺青《いれずみ》だらけの筋肉質の男や、酒のせいかそれとも別のせいなのかタガが外れたように笑い続けている女の人の姿が目についた。

薄暗いし、怪しげなピンクや緑のライトが明滅しているし、なんとなく不穏な雰囲気だった。そもそも、十八歳以下が入るのは本来ダメな場所なのだ。いつ怒られるのだろう、と少しビクついていたのが正直なところだった。

>バレないように写真撮って送って！

とまみずが言うので、カメラを起動しようとしたとき、電池残量が「２％」になっていることに気づいた。

>残念だが、バッテリー切れだ。本機はここで通信を絶つ

>そっか。まぁ幸運を祈る

遭難した宇宙船風にメッセージをやりとりしていたところで、本当に電池が切れた。

「岡田くん、楽しんでる〜？」

そこにリコちゃんさんが揺れながら現れた。どうやら彼女は本当にこういうところに慣れているみたいで、その踊り方もまぁまぁ堂に入っていた。

「なかなか難しいですね」

僕もリコちゃんさんの真似をして、見よう見まねで体を揺らした。

「岡田くん、下手っぴ。こうだよ」

そうしてリコちゃんさんは、自分の体を更に激しくくねらせた。

「こう？」

僕も彼女にならって、踊ってみた。

「ねーねー、俺らと飲まない？」

そこに、やけにチャラい男たちがやってきて、リコちゃんさんに声をかけだした。

おお。

これがいわゆるナンパというやつだ。

生まれて初めてナマで見る。

「ざーんねん、今日は彼氏といるんだ」

そう言ってリコちゃんさんは、急に僕の腰に手を回した。僕は相当かなりビックリした。

「ごめんね」

「んだよこいつ」

チャラ男が思いっきり僕を睨んできた。トラブルの予感。

数瞬、どうしようか迷った。

それから……。

「イエーイ！」

僕は踊って誤魔化した。チャラ男は呆れ、リコちゃんさんは、笑っていた。

「ということで、僕は勇敢にバイト先の先輩であるリコちゃんさんをナンパから守ったわけさ。どう？」

だいぶかなり話を盛りながら、僕はまみずにそのエピソードを聞かせてやった。

「なんか、卓也くん嘘ついてない？」

まみずはさすがに鋭かった。僕は目をそらして、その台詞を聞かなかったことにした。

「いや、とにかく危険が一杯だよ。いつモンスターとエンカウントするかわからない。まみずのかわりに僕が行って正解だったね」

「……まぁ、いいけどさ」

まみずは何か言いたげに僕を見ていた。

「なんだよ」

「なんでもない」

それから、まみずはちょっと考え込んで、もう一度口を開いた。

「やっぱり、なんでもある」

「なんだそれ」

僕は呆れた。

「理屈じゃないの」

もしかして……と思った。

「まみず、焼きもちやいてる？」

「……次、これやりたい。やって」

また、刺すような口調だった。それからまみずが携帯を差し出してきた。画面には、何やら動画サイトの動画が表示されていた。恐る恐る、再生ボタンを押す。

画面の中では、奇術師の男がまるでドラゴンのように火を噴いていた。

「いや、これは無理だろ！」

僕は思わず天を仰いだ。

そのうちに、いつもよく見る看護師さんがやってきた。これから検査だと言って、まみずは連れていかれてしまった。

僕も同じタイミングで帰るのが普通なのだけど、ふと気になって僕はまみずの病室に引き返した。僕が来る前に、まみずが珍しく、ファッション雑誌なんか読んでいたからだ。普段は文庫本しか読んでいない彼女にしては、それは珍しいチョイスだった。

どんな雑誌なのか、なんとなく中身を確かめてみたくなったのだ。

まみずがいない病室で、僕はそのファッション雑誌のページをめくった。

けっこうシックというかモードというか、大人びたテイストの雑誌だった。海外のコレクションブランドが中心に紹介されている。モデルもほとんど外人。そういえば、と思う。よく考えたら、僕はこれまでまみずのパジャマ姿しか見たことがない。入院中なのだからしょうがないけど、まみずだって本当はオシャレとかしたいんだろう。でも恥ずかしくて僕には言わなかったりしたのかもしれない。しかし……ワンピース一着で十九万円とか、一体どんな世界なんだ？　この人たちは普段何を食っているんだろう……？　キャビア？

パラパラと興味本位に雑誌をめくり続けていたら、とあるページが折られているのに気がついた。なんだろう、とよく見ると、赤いハイヒールだけが大写しになった広告が載っていた。僕はなんとなく、そのページを携帯で撮影しておいた。

3

「岡田くん、どうしたの？　今日、バイト中、死んでたけど」

リコちゃんさんが、心配したように言った。

「リコちゃんさんは、火を噴いたことがありますか……？」

「へ？　火？」

「僕は今日バイト前、噴いてたんで……」

リコちゃんさんは困惑したような顔をしていた。僕の言っている意味がどうやら、よくわからないらしい。それもそうかと思った。僕だって他人からそう言われたら、こいつは頭おかしいんだろうか、としか思えない。

「大丈夫？」

「ええ、まぁ」

バイト終わりに二人で道を歩いているときも、まだリコちゃんさんは心配していた。よっぽど酷い顔をしてたんだろう。

「あ、僕、ここで別れます。今日帰り、亀買いに行くんで」

「亀？」

いよいよリコちゃんさんは、わけがわからないよ、という顔をした。

「私も一緒に行こっか？」

「いや別に、大丈夫です」

「私、暇なんだよね」

「いや、ちょっとこれは……亀は、一人で選びたいんで」

何かすごく爬虫類《はちゅうるい》に対して気難しい奴になってしまった。こんなんでいいのか、僕。


家に帰ると、母親が驚いたような声をあげた。

「卓也、一体どうしたの、それ？」

水槽やら何やら、亀の飼育道具一式および亀を抱えて帰宅した息子を見て、母親が発した第一声だった。

「今日から、亀飼うから」

そう言って、僕は手のひらの亀を母親の視線の先に掲げた。

すると母親が目眩《めまい》でもしたかのように額に手をあてて嘆いた。

「あんた、頭がおかしくなっちゃったんじゃないでしょうね？」

「大丈夫大丈夫」

ぶつくさ文句言われながら、居間の一角に水槽をセッティングしていった。

「最近、なんか落ち着きないわね」

と母親が僕を評して言った。確かに、僕は元々インドア派というか、何も用事がなければ一日のほとんどを家で過ごすような人間だった。それが最近まみずのせいで、どこかに出かけたり何かしたりすることが増えていた。

「少しは元気になったってことなのかしら」

母親がため息をつきながらそう言った。今の僕の姿は、ハタから見れば、何か宗旨変えでもして、活発になっているように写るのかもしれなかった。実際は、違うのだけど。


「わー！」

まみずが目を輝かせながら歓声をあげた。

「亀だ！」

病室に亀を連れていっていいものか、いや、どう考えても良くないのだけど……こっそり鞄の中に入れて連れてきたのだった。

「すごい、ちゃんと覚えててくれたんだ」

「バイト代、早めに出たからさ」

しかし、亀でここまで喜ぶ人間なんてまみずくらいのものじゃないのか？　という気がした。

「ねぇねぇ、名前は？」

まみずが聞いてきた。

「名前？　亀は亀だろ」

僕は素でそう答えた。

「本気で言ってる……？」

「うん」

「あり得ない！」

まみずは怒ったように叫んだ。喜んだり怒ったり、相変わらず忙しい奴だった。

「夏目《なつめ》漱石《そうせき》だって猫には名前つけずにただ『猫』って呼んでたんだぞ。こいつも亀でいいだろ」

「卓也くんは漱石じゃないでしょ！　倫敦《ロンドン》に留学したことも、修善寺《しゅぜんじ》で大患したこともないくせに！」

妙なことを知ってるまみずだった。

「じゃあ、まみずがつけろよ」

僕は面倒臭くなってそう言った。

「え？　いいの？　いいの？」

なんだかまみずは嬉しそうだった。

「ネーミングセンスに期待してるよ」

「亀之助《かめのすけ》」

「センスないな！」

あまりの酷さにビックリした。

「いいでしょ、かわいいじゃん。ねー？　亀之助？」

どうやら、すっかり彼女の頭の中では亀之助で定着してしまったらしい。というわけで、めでたく我が家のペットの名前が決定したのだった。

4

それからも僕は、まみずからの無茶振りに応えて過ごした。彼女が次々に僕に言ってくる「死ぬまでにしたいこと」の中には、お前それ元から本当に死ぬまでにしたいと思ってたのかよ？　単に思いつきで言って僕が困るのを見て楽しんでんじゃないだろうな？　そう思わなくもないようなことがたくさんあったけど、それも僕は渋々《しぶしぶ》ながら大体やった。

漫画でよくある、近所の柿の木から柿を盗んで怒られるっていうのがやってみたかった、と言われて実際にやり、本当に怒られたりした（超謝った）。大食いメニューにチャレンジしたいというのもやった。超巨大カツ丼、当然完食できずに三千円を支払った。

美容室で雑誌の表紙を指さして、「この人と同じにしてください」というのもやった。出来上がったのはいつもと同じ髪型だった。

ホームランを打ちたいと言われて、バイト帰りに夜のバッティングセンターに通い詰めた。「ホームラン」と書かれている的に当たるまで、何度もフルスイングを続けて、三日目にやっと当たった。景品は何故か卓球のラケットだった。

一度ナンパされてみたかった、という彼女のリクエストに応えて、繁華街の交差点に立ち続けたこともあった。勿論、誰も僕には声をかけてこない。「僕をナンパしてくれませんか？」と道行く女の人に声をかけてみたが、新手のナンパと間違われて罵倒されただけだった。

カラオケで声が嗄《か》れるまで熱唱するのもやった。翌日悪の魔法使いみたいなしゃがれ声になった僕を見て、まみずは笑った。

まみずのリクエストを僕は何から何まで全部やったわけではなかった。中には、色々な事情で実現不可能なこともあったからだ。

タクシーに乗って「海まで行ってください」っていうのをやりたい、と言われたけど、それはさすがに手持ちの金額に不安があったので、とりあえずやめておいた。

ゾンビを撃ち殺したい、というのもあったけど、残念なことに僕の住むこの世界にゾンビは存在していなかったので、撃ち殺せなかった。時速200キロでドライブしたい、というのも当然無理だった。車も免許もないし、あったとしてもやらなかっただろう。

まぁとにかく、よくそんなに色々思いつけるもんだと感心してしまう。僕自身にはやりたいことなんか、ほとんどなかったからだ。

まみずは、彼女が言う馬鹿げた「死ぬまでにやりたいこと」を僕がやる度に、それを報告する度に、本当に楽しそうに笑った。実のところ、僕も悪い気はしていなかった。そんな日々を、僕もそれなりに楽しんでいた。

「ありがとう。これでまた一つ、心残りが減ったよ」

カラオケの報告をしたあと、彼女は最後に、そんなことを言った。

ふと思った。

僕はそうやって、まみずの現世への心残りってやつを消していく役目を請け負っているということになるんだろうか。

この世に思い残すことが一つ一つ消えていったら、最後にまみずは、どうなるんだろう。

「なぁ、まみず」

僕は彼女に聞いてみたくなった。

「ん？」

「まみずは、自殺したいと思ったことあるか？」

まみずは表情一つ変えず、日常会話と同じトーンで答えた。

「毎日、思うよ」

その答え方に、僕は少しどきっとした。

毎日、思うよ。

それは嘘じゃないんだろうな、と僕はなんとなく思った。

まみずに聞いたのと同じことを、昔、姉の鳴子に聞いたことがあった。それに鳴子がなんて答えたのか、僕はあまり覚えていない。

ただ、恋人が死んでから、鳴子はよく外を出歩くようになった。

出歩くといっても、どこかで誰かと会うとか、遊んだりとか、そういうようなことはなかった。

本当にただ、歩くのだ。でもそれは散歩とかいう生やさしいものじゃなかった。五時間とか六時間とか、平気で、ただひたすらずっと、いつまでも歩き続けるのだ。

鳴子のそれにはポリシーがあった。行き先も決めず、思いついたときに歩き始めて、気の向くままに歩き続けるらしかった。ペース配分や途中休憩はしない。疲れたら帰りは電車かタクシーで帰ってくるらしかった。

鳴子が死んだのは、そんな夜の散歩の最中のことだった。

鳴子が死んでから、僕はたまに月一回くらい、彼女の真似をして、歩くことがあった。深夜に、なるべく母親に見つからないよう家を抜け出して、当てもなく道を歩いた。そういうとき僕も、鳴子のあの単純なメソッドを遵守《じゅんしゅ》するように気をつけた。当てもなく、さ迷うように歩くのだ。たった一人で。

でも一度だけ、これを、香山と一緒にやったことがあった。

中学の修学旅行の夜だった。そういう夜といえば、バカ騒ぎするのが相場となっているらしく、クラスの奴らは教師に隠れて酒盛りなんか始めていた。誰が好きとか誰と誰が付き合ってるとか下世話な話で盛り上がっていて、とても僕だけ先に寝るなんて出来る空気じゃなかった。第一どうせ寝ようとしてもうるさくて眠れそうになかった。

　それで、宿舎を抜け出そうとしたところで、階段の踊り場でばったり香山と出くわした。

「岡田、こんな時間、どこ行くんだよ」

「……どっか行くんだよ」

「オレも行くわ」

　嫌だと言ったのに香山はついてきた。僕は香山をほとんど無視して歩いた。香山は強引についてきたわりに、僕に話しかけようとしなかった。

　修学旅行の夜を、僕たちは無言で歩き続けた。

　ほとんど道を曲がらずにまっすぐに歩いた。なるべく人けのないところを目指して歩いた。歩いてるうちに帰るのが嫌になってきた。死ぬまで歩き続けたかった。それでも、そのうち疲れてきて僕はへたりこんでしまった。

　ちょうど、小さな神社が目について、その境内に僕は座り込んだ。香山が自販機でジュースを買って僕に投げてよこした。

「お前、病んでるよ」

香山は僕のその様子を見て呆れたように言った。

「正常だよ、僕は」

プルトップを引き上げて炭酸を一気に流し込んだ。甘いはずの飲み物が何故か苦かった。

「オレが思うに、お前はどこにも行けないタイプだから」

香山はそんな意味深な言葉を吐いた。なんだか見下されてるような気がしてイラっとした。

「そういうお前はどこか行けるつもりかよ」

「オレは岡田とは違うな。もっと超越してるよ。オレはこれでも楽しんでるんだ。兄貴が死んでからな。オレは、現実はゲームだと思うことにしたんだ。どうせいつかあっさり死ぬのに、マジになってもしょうがない。だから、たとえ誰かを傷つけても、オレは傷ついたりしないんだ」

僕はその言葉にこれっぽっちも共感出来なかった。

「オレは遊ぶぜ」

「好きにしてろよ」

僕はうんざりしながら答えた。

「だから岡田、お前は悩んでいいよ」

まるで、オレの分まで悩んでくれ、みたいな口ぶりだった。

「ウザいんだよ、お前」

僕は飲み干した空き缶をゴミ箱に放り投げた。


そうだ、思い出した。

「ここじゃないどこかに行きたくなるときはある」

僕が尋ねたとき、鳴子はたしか、そう言ったのだ。

そう、鳴子の言うように、日常《ここ》というのはたまに息苦しい。だからなのだろうか、と思う。だから僕は渡良瀬まみずの病室に通い続けているのかもしれなかった。


「私、ケーキとか作ってみたかったな」

ある日、まみずがまた思いつきみたいなことを言い出した。

しかし、ふと思うことがあった。まみずは、やれ大食いだの柿だのと、やたらと食べ物に関する願いが多い。もしかして彼女は……………。

「誰が食い意地張ってるって？」

最近まみずは、僕の心が読めるようになったらしい。少しビビりながら返事する。

「まぁ、いいよ。今度作って、持ってきてやるよ」

「ありがとう……私、全部食べられるか、わからないけど」

ふっとまみずが暗い表情になった。最近あまり見てなかった表情だった。

「別にいいよ。残ったら僕が食うさ」

「あ、でもね。聞いて。今度さ、大がかりな検査することになったの。最近私、元気だからさ。結果次第じゃ、一時的に退院したり出来るかもね」

「じゃあどっか行くか？　行きたいとこ言えよ」

「そんなに遠出は出来ないけどね。あ、じゃあそれは卓也くんが考えてよ」

「いつもと違うパターンだな」

「たまにはいいでしょ。卓也くんの行きたいところがいいな。それ楽しみに、頑張るから」

とまみずは今度は明るい顔になって、そんな勝手なことを言っていた。

終業後のメイド喫茶、バイト終わりのキッチンでケーキを作ることにした。幸い、ケーキはメニューにあったので、作り方も覚えていたし材料もたくさんあった。オーナーもいなかったし、バレなきゃ怒られないだろうと思った。

「何してんの？　岡田くん」

リコちゃんさんが、ひょっこり顔を出してきた。

「ああ、個人的にケーキ作ってるんです」

「手伝おっか？」

「いや……僕、ケーキは」

「一人で作りたい派？」

リコちゃんさんが拗《す》ねたように言った。僕はなんて言おうか迷った。

「また今度で」

と僕はその場しのぎの台詞を吐いた。

「また今度ね、本当だよ？」

そう言ってリコちゃんさんは帰っていった。


「ちょっとこのケーキ、甘すぎない？」

まみずが眉間《みけん》に皺《しわ》を寄せて言った。

「そんなこと言うなら、食べてもらわなくてけっこうです」

苺のタルトケーキ、店のメニューにはない僕のオリジナルの力作だった。

夜の十一時過ぎまで粘って頑張った僕の努力をなんだと思っているのか。ちょっとムカついた。

「ごめんごめん、甘くておいしいよ！　卓也くん、拗ねないでよ～」

皿を奪い取ろうとすると、慌てたようにまみずは僕の手を押さえた。

結局、なんだかんだ言いながら、僕が渡した分をまみずは全部たいらげた。

「どうだ、うまかろう」

僕はドヤ顔で言った。

「卓也くんは料理の天才だね！」

何かそこまで言われると、逆にというか嘘くさかった。

「そういやさ、まみずって何カップなの？」

不意にそう聞いてみたら、まみずはグーパンチを返してきた。

「何突然聞いてきてんのよ」

「知りたいなと思って」

「非公開です」

「じゃあ、体重は？」

「知りません」

「血液型は？」

「秘密」

「いや血液型くらいいいだろ」

「……O型」

「足のサイズは？」

「24」

「デカいな」

「そんなもんでしょ！　フツーだよ！」

まみずが怒り出したので、僕はそのへんで帰ることにした。

家に帰って、残りにとっておいた分のケーキを、母親と二人で食べることにした。

「お父さん、甘い物嫌いだからねぇ。しかし、まさかあんたがケーキ作るなんてね。これ何？」

「苺のタルトケーキだよ」

皿にケーキを移し替えながら答える。

母親がフォークを持ってきて早速、ケーキを一口、口に入れた。

「何これ、あんた砂糖の分量間違えてない？」

母親が渋い顔で僕に抗議してきた。そんなはずはないんだけどな……と思いつつ僕も口に運んだ。

「あまっ！」

舌がもげるかと思った。

「よくこんなの食べたな、あいつ……」

思わず口に出して言ってしまった。

「あいつって？」

「いや……なんでもないよ」

母親から目線をそらすと、居間の隅の水槽で亀之助があくびしているのが目についた。亀って、あくびするんだ。

「なぁ、母さん。亀之助って、ケーキ食うかな？」

「食べないんじゃないの」

食べないような気もしたけど、試しに与えてみることにした。フォークでひとかけら、ケーキをわけて、亀之助の水槽に入れてみた。

「ちょっと、やめときなさいよ。お腹壊したらどうすんのよ」

しばらく観察していると、やっと亀之助がケーキに興味を示した。

食うのか？

食わないのか？

ぱくり、と亀之助が口の中にケーキを入れた。

げろり。

そして、吐いた。

僕はがっくりとした。

「甘すぎるもんねぇ」

と母親は亀之助に同情したように言って、皿を洗いに台所に立った。

しばらくして、またまみずの病室に行くと、彼女は何故か爪にピンクのマニキュアを塗っていた。

「おお、今日はどうしたんだ？　誰か気になる男でも来るのか？」

僕は後ろ手にある物を隠しながら近寄っていった。

「そうそう、卓也くんのあとにベネディクト・カンバーバッチが来るのよ」

「ベネディクト・カンバーバッチが好みなのか……？」

僕にはさっぱり理解出来ないセンスだった。

「あーあ、毎日毎日同じ病室同じ景色、つまんないな」

愚痴《ぐち》るようにまみずが言った。

「そんなこと言ってたってしょうがないだろ」

「まぁそうなんだけどさ。あ、そうだ。ねぇ、亀之助もかわいそうだよ」

まみずが突然、言い出した。

「一生、水槽の中なんてさ。まるで私みたいだ。一度でいいから、海を見せてあげたいな」

まみずがなんだか感傷的な口調でそう言った。そんなこと言われてもな、と僕は思った。ペットという概念を何か否定しているような発言にも思えた。

「ってか卓也くん、さっきからなんか背中に隠し持ってるけど、何？」

「そういや、なんか、そのへんに落ちてたんだけどさ」

僕はそう言って、彼女にある物を渡した。それは真っ白な靴箱だった。

「世界一嬉しくないプレゼントの渡し方だね」

彼女は本当に機嫌を損ねたのか、少し怒ったように言いながら中身を開けた。

「うそ。なんでなんでなんで？」

彼女は取り出して、信じられないものを見る、という眼差しでそれを見つめた。

それは、赤いハイヒールだった。

あの彼女が読んでいた雑誌に載っていた広告と、全く同じブランドの同じ商品だった。探して、デパートで見つけたのだ。

「これ、私が超欲しいって思ってたやつ」

「履《は》いてみて」

「いいの？」

まみずは少し遠慮がちな上目遣いで僕を見た。そういう彼女の顔は、少し新鮮だった。

まみずがおそるおそる、それでも見るからにドキドキしながら足を伸ばして、ハイヒールに足を通した。似合うかな、サイズは合うかな、ほんとに私が履いてもいいのかな、まるでおとぎ話のシンデレラのようにまみずは緊張してるように見えた。

「わ、ぴったり。なんで？　すごい。卓也くん、心読めるの？」

サイズだけじゃなく、まみずのすらりとした白い足に、それはすごく似合って見えた。

「サイズはこないだ、聞き出したからさ」

「あ！」

やっと思い出したような顔をして、まみずは僕をびっくりしたような目で見た。

「なかなかやるね、卓也くん」

「まぁな」

まみずは両足にハイヒールを履いて、ベッドの上で足をぶらぶらさせた。

「あー、プリクラ撮りたいな」

まみずはうっとりとしたような顔のまま、天井を眺め続けて言った。

「死ぬまでにしたいこととか関係なく、ただフツーにプリクラ撮りたいな」

そう言ってまみずは、跳ねるようにベッドから降り立った。

「私、入院したとき中学生だったの。病院の中で、子供から大人になったんだよ」

高校一年が大人かどうかは微妙なところだったが、まみずの言わんとしていることはなんとなくわかったので、茶々を入れる気にはならなかった。

「ちょっと、歩いてみるね」

まみずはそのまま、背筋をピンと伸ばして、姿勢良く病室の中を歩き出した。相部屋の出入り口の向こうにいったん消えて、戻ってきたときはすっかりファッションシヨーのモデルになりきっていた。僕はもう笑うしかなかった。彼女は腰に手を当てて両足を軽く開き、堂々としたポーズをとった。

「ねねねねね。どう?」

笑いながら、僕は拍手した。まみずは少し照れたように笑った。

まみずが僕のいるベッドの脇まで戻ってきて、僕にそっと耳打ちした。

「私、Dだよ」

今度は僕が照れる番だった。

反応に困って……僕はもう一度拍手した。まみずは、笑った。


家に帰ってから、僕はいつものように鳴子の仏壇の前に寝転がって、買ってきたレジャー雑誌を開いた。まみずの検査の結果が良ければ、二人でどこか行こうという話になっていたことを思い出したからだ。日帰りで行ける場所を見つくろおうと、ぱらぱらページをめくっていたら、携帯が震えた。
>検査の結果出た。全然、良くなかった
まみずからのメッセージだった。

僕は雑誌を、そっとゴミ箱に捨てた。

5

まみずが入院している病院の一階は外来の受付になっていて、あの公共機関特有のくすんだ色のベンチがずらりと並んでいた。ある日病院に行くと、そこに律さんが座っているのが見えた。挨拶でもしようかと思って近寄ると、様子が変だった。

死にそうな顔をしていた。

顔面蒼白《がんめんそうはく》で、表情はひきつっていた。よく見ると、小刻みに震えているのがわかった。指がとか、足がとかじゃなくて、全身が少しずつ震えていた。見ていて、悲しくなるくらいだった。僕は口にしようとしていた「こんにちは」を引っ込めて、かわりに「大丈夫ですか?」と声をかけた。

熱にうなされたような顔を、律さんは僕に向けた。

「……あなた、今日もまみずのお見舞い?」

「何かあったんですか?」

僕は不安を抑えながらそう聞いた。

「私がこんなんじゃ、ダメね」

そうですね、とも、そんなことないですよ、とも言えなくて僕は黙った。黙っていると、律さんは脇に置いていた紙袋を僕に差し出してきた。

「悪いんだけど、これ、まみずに渡してくれない？」

自分で渡せばいいのに、と一瞬思ったけど、何も言わずに受け取った。

「今、私、あの子に会わない方がいいみたい」

それから立ち上がり、「じゃあ、お願いね」と僕に声をかけて、たどたどしい足取りで出口に向かって歩いていった。彼女が外に出ていくのをぼんやり見送ってから、まみずの病室に向かった。エレベーターの中でずっと律さんの言ったことを反芻した。その意味を何度も考えた。あんまり、良い想像は浮かばなかった。

病室の中に入ったら、すぐにまみずと目が合った。

「もう、来てくれないかと思った」

窓の外から差し込む光が、彼女の輪郭を淡く照らしていた。綺麗な顔してるよな、とぼんやり思った。もしまみずが病気じゃなかったら、どんな人生だったろう。きっといつも人に囲まれてて、今よりずっと明るい性格をしてたんだろう。そしたら僕と、接点なんてなかったかもしれない。

「なんで？」

僕はベッドの脇の丸椅子に腰掛けて足を組んだ。

「怒ってるかと思って」

「何に？」

「どっか行こうって私から言ってたのに、ダメになっちゃって」

「なんでそんなことで怒るんだよ」

彼女の考えがさっぱり理解できなかった。

「いつも、思うんだよ。私って我がままばっかり言って、困らせてる。だからそのうち嫌気がさして、ある日突然ぱったり、卓也くんは来なくなるの。それでおしまい」

「そんなことないから」

僕は深く考えず、ただ彼女をなだめるためにそう言った。

「ねぇ、私がいつか、絶対来ないでって言っても、会いに来てくれる？」

そんな無茶苦茶なことを言ってまみずは僕を困らせた。

……どうやら彼女は、弱気になってるらしい。検査が悪かったか何か知らないけど、そんなこととか色々あって、うろたえて心細くなっているらしい。

「変な心配すんなよ」

僕は会話を切り上げるために、預かってきた紙袋をまみずに手渡した。

「さっき、入り口でまみずのお母さんに会ったんだ。なんか忙しかったみたいで、渡してって言われた」

「お母さん、本当は悪い人じゃないんだけどね。卓也くん、こないだはごめんね。昔はもっと穏やかな人だったんだけど。多分、疲れてるんだよ。私のせいでさ」

そう言いながらまみずは中に入ってた物を取り出した。中から出てきたのは、編み棒と、何か編みかけの編み物だった。

「何それ」

僕は不思議に思って聞いた。

「なんか、中学入りたてのときに始めたまま、すぐ挫折しちゃってさ。どうせならこういうのも、やり残さないようにしようかなって、ふっと思い出したの」

まみずは何故か途方に暮れたように、その中途半端な毛糸の塊を眺めていた。それはまだ、ほとんど何の形にもなっていなかった。

「あのときはセーター編もうと思ってたんだけど、さすがに間に合わないよね？」

「何にだよ」

「冬にね。春に編み物なんかあってもしょうがないでしょ」

まみずは深いため息をついて、それから、ごろんと横になった。そして憂鬱そうな目で僕を見てきた。

「なぁ、次、何がしたい？」

僕は、それが当たり前のことのように聞いた。

「……じゃあね。私、天体観測がしたい！」

まみずは少し無理するように、甘えたような声で、笑ってみせて言った。「私、星って好きなの」そんな風な声を僕は初めて聞いたと思った。

少し、僕たちの距離は縮まっているのかもしれない。あるいは、縮まりすぎてしまったのかもしれないけど。

6

人間の体というのは、実は誰でもかすかに光っているものらしい。ただ、それは本来肉眼では認識出来ないほど微弱なものなので、普段みんなそんなことは意識せず暮らしている。人間だけでなく、生物というのは全て微弱な光を放っているんだとか。ｂｉｏｐｈｏｔｏｎ《バイオフォトン》と呼ばれるその光の強さは、星の百万分の一くらいらしい。そして、そのバランスが極端に崩れて異常になってしまったのが、発光病なのではないかと考えられている。

その日家に帰って一人で考えた。夜のベッドの中で天井を見つめながら考えた。

僕はまみずに何がしてあげられるんだろう。

彼女の死ぬまでにやりたいこと、それはでも、彼女の本当の願望なんだろうか？

そんなことがふと気になった。

僕は、まみずの願いを一つ一つ叶えていくことで、何故か、彼女の気持ちがどんどん死に近づいているような気がしていた。

僕のしてることは本当に正しいことなんだろうか。

眠れない夜だった。時計を見ると夜の二時を回っていた。ベッドに入ったのが午前零時頃だったから、もう二時間もこうして悶々《もんもん》と考えていることになる。

ベッドから起き上がって、下の階に降りた。真っ暗な台所、手探りで冷蔵庫のドアを開けた。中から漏れ出る光がまぶしかった。小腹が空いていた。何かないかと、がさごそ漁った。

ハムと炭酸水を指でつまんで、ベランダに出た。夏の夜に、何かの虫が鳴いていた。

こんな時間、起きてるわけないだろうな、と思いながら、僕は香山に電話した。

「なんだよ？　岡田か、珍しいな」

「香山、なんで起きてんだよ。早く寝ろよ」

僕はわけもなくおかしくなって笑った。

「なんだお前。……おい、今どこにいる？」

「家のベランダだよ」

「二階？」

「二階。お前何の心配してんだよ」

「二階ならいいよ。酒でも飲んでんのか？」

そう言われてハタと気づいた。こういうとき、人は酒とか飲んだりするらしい。

「未成年だからな」

「飲んだことないのか？」

「なくもないよ」

「で、酔ってるわけでもないなら、こんな時間に何だよ？」

「なぁ、僕はなんで眠れないんだ？」

「知るかバカ」

そう言って香山は僕のことを鼻で笑った。いつもの香山だった。

「なぁ、香山。渡良瀬まみず。病気、良くないんだ」

「それで？」

「会いに来なくていいのか」

「……気が向いたらな」

「そういや香山、お前なんで女関係、清算してるんだ？」

「なんでだろうな。虚しくなった」

「お前がちょっとでもマトモなこと言うと不安になるよ。真剣に好きな女でも出来たのか？」

「実は初恋の女に告白したくなったんだよ。その前に身綺麗になろうと思ってさ」

「冗談だろ？」

「冗談だよ」

そこで急に電話が切れた。切られたのか、電波の調子が悪かったのかはわからなかった。もう一度かけ直すほどでもないし、その会話はそこで終わりになった。

それから、立ったままハムを食べた。マヨネーズが欲しいな、と思った。

ベランダから家の中に戻って、姉の仏壇の前に腰を下ろした。

なぁ、鳴子。

愛するものが死んだ時には、自殺しなきゃあなりません。

まだ、あの秘密は誰にも言ってないよ。

約束は、守ってるよ。

がさり、とかすかな物音がした。振り返ると、亀之助も夜更かしして、水槽から逃げ出して居間の床で夜の散歩をしていた。慌ててつかまえて、水槽に戻す。

亀之助を見ていたら、もしかしたら、人間の悩みなんてものは、全部ムダなものなのかもしれない、という気になった。

それですっきり眠れるかというと、そうでもなかった。自室に戻っても、まだなかなか、眠れなかった。

「あー……」

思わず声が漏れた。何度か低くうめきながら、僕はベッドの中を転がった。とりとめもなく浮かんでは消えていく考えにうなされながら、僕は眠った。

＊＊＊

翌日学校に行くと、教室にまみずがいた。僕の隣の席に、まみずがいた。

「おはよう、卓也くん」

僕はかなりビックリした。

「ど、どうしたんだよ、まみず！」

「発光病、すっかり良くなったの。奇跡的な回復だって、先生も言ってた」

言われてみると、まみずの顔色は随分良くなっていた。

「ほら、見てよ」

まみずはそう言って、くるりと一回転して、飛び跳ねてみせた。

「今なら空だって飛べるよ」

「そうか。良かった」

本当に良かったと思った。まみずが元気になって。

「これから一緒に学校生活、送れるね。よろしく、卓也くん」

僕は嬉しくなった。世の中、そんなこともあるんだなと思った。奇跡は起きるのだった。

僕とまみずは一緒に昼飯を食べた。まみずは楽しそうに愉快そうに笑っていた。

「今度一緒に、どっか行こうよ」

まみずが言った。僕は何故か少しドキドキした。

「それって、デートか？」

「ばか」

するとまみずは、照れたように笑った。僕たちは週末の行き先について話し合った。あそこに行こう、どこに行こう、想像は果てしなく広がった。まみずと二人で一緒に行けば、どこに行っても楽しいと思った。

でも……僕は知っていた。だんだん気づき始めた。

そんな都合のいい展開が、僕たちを待っているなんてことは、決してないということに。

こんなことはあり得ない。これは現実に起きていることじゃない。まみずと話しているうちに、僕はそのことに気づいた。

「どうしたの？　卓也くん」

まみずは不思議そうに僕を見た。

「なんで泣いてるの？」

理由はわからないけど、泣けてしょうがなかった。

＊＊＊

そこで目が覚めた。勿論、それは夢だった。いつの間にか外は朝になっていた。体から力が抜けていた。身動きが全くとれなかった。

夢だけじゃなく、僕は現実でも泣いていた。

目が覚めてもまだ、涙は止まらなかった。

まみずは、いつか死ぬ。

そのとき僕は、どうするんだろう。

それまでに僕は、どうするんだろう。


天体観測なんて、よく考えたら病院でも出来るじゃないか、と思った。問題は、まみずの入院している病院の面会時間が八時で終わってしまうことだった。今は夏だから、八時というとまだ空は随分明るく、天体観測って感じの時間帯ではない。

それで僕は、面会時間終了後の病院に忍び込むことにした。

深夜、消灯時間が過ぎると、病院には当直の人間しかいなくなった。僕は非常口から中に入り、非常階段を足音をひそめてのぼり、まみずの病室に向かった。手には、望遠鏡を抱えていた。そこまで本格的なものではなかったが、とはいってもデパートで四万円近くした代物だった。バイト代はこれでほとんど使い果たしてしまっていたけど、それでも、まみずを喜ばすことが出来るかと思うと、苦にはならなかった。

非常階段から中に入り、廊下をそろそろと進む。看護師さんに見つかったらゲームオーバーだ。でも大丈夫。慎重に足を進め、まみずのいる相部屋に到着する。そろそろとまみずのベッドに近寄り、揺り起こす。まみずがはっとしたように目を見開いた。

「卓也くん、なんでいるの」

「静かに。今から、屋上に行こう」

僕は息をひそめて彼女に言った。

「今から……?」

まみずはまだ寝ぼけていたが、僕が、持っていた望遠鏡を見せると、やっとピンときたような顔を見せた。

「そこまでしなくていいのに。……待って、今ちゃんと起きる」

まみずはゆっくりと立ち上がり、僕は彼女の体を支えながら、病院の屋上に向かった。病院の屋上は、学校などとは違って開放されていた。洗濯物を干す都合などがあるのだろう。物干《ものほ》し竿《ざお》があちらこちらに目立った。隅の方にプラスチックのベンチがあった。そこにまみずを座らせる。

「僕も初めて使うんだけどさ」

今まで天体観測なんて勿論したことがなかった僕は、闇夜に目をこらして説明書を読みつつ、その望遠鏡をまみずのそばにセッティングしていった。

「やだ」

まみずが小さな悲鳴みたいな声をあげた。驚いて振り返る。

はっとした。

ときどき、僕はまみずが発光病なのだということを忘れそうになる瞬間がある。こうして二人でいると、まみずが病気だなんて嘘なんじゃないかって思うときがある。でも、そんなことは決してないのだ。

まみずの体は、うっすらと、ぼんやりと、淡く光を放っていた。長袖のパジャマから覗く素肌が、まるで蛍光色のように白く発光している。それは……発光病という病気に特有の、症状だった。空を見上げると、晴れた夜空に月が煌々《こうこう》と輝いていた。月の光に照らされると、体が発光する。それがまみずのわずらっている発光病という病の特徴だった。

「恥ずかしいから、見ないで」

まみずが哀願するように僕に言った。でも僕には、まみずのその姿が、恥ずかしいものだとはどうしても思えなかった。

「ごめん」

僕は謝った。謝ってから、正直な感想を言った。

「ごめん。でも、まみず、綺麗だよ」

それは本当にそうだった。まみずは夜の屋上で、まるで蛍のように、儚《はかな》い命を輝かせていた。

「油断した。一緒に屋上なんか来るんじゃなかった」

まみずは何故か、僕にその姿を見られたのがショックみたいだった。

「卓也くん、引いたでしょ」

そんなことは全然ない、ということを僕はどうやってまみずに伝えたらいいんだろう。

「化け物か妖怪みたいだよね」

どうやらまみずは、発光病で光る自分の体に、コンプレックスのようなものを感じているらしい。

「まみずはまみずだよ」

僕はやっとそれだけ言って、それから望遠鏡のセッティングを済ませた。覗き込んで確認する。ちゃんと星が見えた。素人にしては上出来なんじゃないかと思った。

「今日は天気がいいから、きれいに見えてる」

僕はまみずを促した。まみずは、何故かおそるおそる、といった風に望遠鏡を覗き込んだ。

「……わ、ほんとだ」

まみずはすっかり望遠鏡の中の世界に引き込まれていた。その反応は、なんだか初めて万華鏡《まんげきょう》を見た子供みたいだった。世の中にこんな綺麗なものがあるのか、という新鮮な驚きにその声は満ちていた。その彼女の声を聞いて、僕はもうそれで満足した。

「ねぇ、卓也くんってさ、彼女とかいるの？」

まみずが望遠鏡から目を離さないままで、そんなことを聞いてきた。

「いたら……こんなにいつも、君に会いに来てないだろ」

「それもそっか。じゃあさ、彼女いなくても、誰か好きな人はいないの？」

まみずは僕の方を振り返って、真面目な顔でそう言った。

「なんか、怖くてさ」

僕は彼女の目を見ないで言った。

「人を好きになるのが？」

そのまみずの質問に、僕は答えを返せなかった。ふっと、鳴子の顔がフラッシュバックした。その暗い妄想を振り払うように、僕は首を軽く振った。「モテないんだよ」かわりに、そんなことを言ったりした。

「そんなことないと思うけど」

すると突然、まみずはすっと足を踏み出して、なめらかな動きで二歩三歩と僕に近寄り、僕の腕を軽く摑んだ。その間合いの詰め方には、有無を言わせない見事さがあった。

「予行演習してみよっか。卓也くんに、彼女ができるように」

「別にいらないよ」

僕はほとんど苦笑しながら言った。

「私がしてみたいんだよね。お願い、五分だけでいいからさ」

そう言って彼女は、僕を引っ張って望遠鏡のそばに連れていった。

「それも、死ぬまでにしたいこと？」

彼女はその問いかけに何も答えず、かわりに、隣に座って望遠鏡を覗くよう促してきた。

いきなり視界が宇宙に飛んだ。物理の実験で顕微鏡を覗き込んだときのように、世界の縮尺があっという間に変わって、遠く小さかった星がつぶさに目に飛び込んでくる。自分で買った望遠鏡だけど、初めて見る光景だった。

こんな風に夜空を眺めることも、まみずと出会わなかったら、人生で一度もなかったかもしれない。

「ロマンチックなセリフ、吐いてみてよ」

視界の外から、テレパシーみたいに彼女の声が飛び込んできた。

「はぁ？　無理だよ」

「夏の夜、天体観測、横には魅力的な異性、ロマンチックになるための要素、これだけ揃ってるんだよ？」

「そういうこと自分で言うか？」

「……別にそうじゃないよ」

そんなこと言われてもマジで困ってしまう。脳内の記憶を検索してみても、たいした言葉は何も出てこない。僕はほとんど恋愛映画なんて見たことがないのだ。

「君とずっと一緒にいたいよ、とか？」

振り返ってまみずの顔を見てみたら、ピンとこないな、みたいな顔をしていた。

「心から君を愛してる？」

「心の底からどうでもよさそうに言わないでよ！」

「君のためなら死んでもいい」

「ねぇ、やる気ある？」

「ズルくないか？」

僕は我慢しきれなくなって、彼女に言ってやった。

「僕だけやらされて、そっちは冷静にツッコミ入れるの、フェアじゃないと思うんだけど」

だったら、どうしたらいいの？　とばかりにまみずは小首を傾げてみせた。

「まみずも一緒になって言うんだったら、やる気出るかもしれないけど」

言えるもんなら言ってみろ、という気分だった。

「……わかった」

そう言ってまみずは、半歩距離を寄せて、僕の横に、ほとんどくっつくようにしゃがみこんだ。僕はちょっとたじろいだけど、少しムキになっていたせいか、身を引くことなくそのままにしていた。

「世界に二人きりみたいだね」

屋上のまわりを見渡しながらまみずが言った。深夜で、人の気配はどこにも感じられなかった。

「もし本当にそうだったら、何がしたい？」

「そしたら、卓也くんと結婚するしかないよね」

「しか、ってなんだよ」

僕の反論を無視するように、まみずは何故か意味深に笑ってみせた。

「プロポーズしてみてよ」

なんだか親しげに、馴れ馴れしく笑いながら、彼女は言った。

「病めるときも健やかなるときも、君を愛し、助け、真心を尽くすよ」

「私も卓也くんのことがずっと好きだよ」

まみずは僕の方を見た。僕も彼女の方を見返した。「冗談だよ？」確認するように、まみずは言った。「笑えるね」クスリともせずに僕は返した。

それから彼女は、夜空を摑むように手を伸ばしてみせた。

「ね、あんなに綺麗な星にも、寿命があるのかな」

その言い方は、答えを知っているような調子だった。

僕は望遠鏡を南の空に向けた。授業で習うレベルの天文知識を思い出しながら、その星を探した。

「赤く光ってる星は、寿命が近いんだ。有名なのが、さそり座のアンタレス。最後は燃え尽きて死ぬ」

望遠鏡の向きを合わせて、まみずに渡す。

「そのうちいつか、夜空の星が全部真っ赤になったりするのかな」

ため息つくようにまみずが言った。僕はそれを想像してみようとしたけど、うまく思い描くことができなかった。

「星は死んだらどうなるの？」

「光を失って、死体みたいなものになる。もしくは、ブラックホールになる」

重い星が死ぬと、重力が崩壊してブラックホールになる。どんな物質も、光すらも逃げることは出来ず、ただ吸い込まれていくしかない。ブラックホールは、宇宙のあらゆる星を吸い込みながら成長し合体し、巨大化していく。

「人間も、死んだ人に吸い込まれていくようなことって、あるのかな？」

はっとして、まみずの方を振り返った。

「私、ブラックホールにはなりたくないな」

いやに感傷的な口調で、まみずは言った。

誰だってなりたくないけどさ、と思ったけど言わなかった。

アンタレスは、肉眼でもよく見える。さそり座の心臓。そういえばあのサソリは死んでから、誰かの幸せのために、夜空を照らす星になることを望んだんだっけ。

　本当は僕も、そんな風に死にたいけど。

「星が全部、死体かブラックホールになったら、天体観測なんかしてもつまんなくなるね」

「その前に地球が滅亡してると思うけど」

　地球最後の日。まるでＳＦみたいだ。

「宇宙は最後どうなるの？」

「終わるよ、多分」

　昔、図書館で暇つぶしに読んだ本にそんなことが書いてあった。宇宙も終わる。人生と同じように。

「じゃあ、この世が存在することに、一体何の意味があるんだろうね？」

「意味なんてないよ。意味なんて、人間の勘違いだ」

　生きていることには、意味がない。

　なんにも一つも意味がない。エントロピーは増大して、宇宙は熱的死を迎える。そして全てが絶命して、あとに残るのは静寂だけ。何も生き残らない。歴史も言葉も消えていく。

ふいな爆発で生まれた宇宙が冷えていくまでの過程で、気まぐれに生じた動物の脳に流れる意識が、意味を探し求めてさ迷うこの不毛な営みの全てが、正直言って僕には苦痛だった。

「それのどこがロマンチックな話なのさ？」

彼女はちょっと拗ねたように唇を尖らせてから、また望遠鏡の方に視線を戻してしまった。

そのまま、僕たちは無言になった。

こんなに無言の時間を一緒に過ごしたのも、初めてのことかもしれない。

沈黙が、現実感を失わせるときがある。そのときがそうだった。星や宇宙の話なんかしていたせいかもしれない。世界の縮尺が変わって、自分のことが、まるで微生物みたいに感じられた。

僕と会話するのをやめたまみずは、なんだか、天体観測に夢中のようだった。

「綺麗だね……すごく」

まみずはすっかり望遠鏡の中の世界に引き込まれていた。

彼女のその無防備な背中を見ながら、僕は思ったことがあった。カーテンの隙間から漏れ出る光のように、長い髪の毛の隙間から彼女の地肌が覗いて、白く光っていた。

「まみず、僕、君のことが好きだ」

まみずは僕の方を向かなかった。まるで僕が何か言ったことなんかなかったみたいに、何の反応もせずに固まっていた。

「もう、五分たったよ」

彼女の声は、少し、震えていた。

表情は見えなかった。彼女が何を考えてるのかも、相変わらずわからなかった。

「冗談じゃないよ」

僕は真面目なトーンで言った。

数瞬の沈黙が流れた。

僕は待った。

「ごめんね」

その声には、どうしてか、涙が混じっていた。

You are Juliet.

君とロミオとジュリエット

1

僕の高校では、一年生は文化祭で演劇をやることになっていた。何をやるかは、すでに投票で決まっていた。

ロミオとジュリエット。

いくらなんでもベタすぎるんじゃないか、と思う。

そして、今度はその配役を決めよう、ということになった。

「じゃあ、まずはジュリエット役ね。できれば立候補してもらって、挙手がいいかなと思ってます」

と、担任の芳江先生が言った。表情はさっぱりとしていて、香山とのことを引きずっているような雰囲気はなかった。もしかしたら香山は、夏休みの間に気持ちの整理をつけてもらうために、タイミングを選んだのかもしれない。

あたりを見回したが、みんな敬遠しあっているような雰囲気があった。うちの高校はそこそこ進学校なので、高一から塾通いしている奴も多く、こういう活動に参加したがる奴というのは少数派だった。脇役程度ならまだよくても、台詞や練習量の多い主役級の役が一番人気がない。これはうちのクラスだけでなく、どこのクラスでも同じだった。最終的には先生が決めたりすることもあるらしい。

「誰もいないんですね……」

芳江先生が、一応、という感じで残念そうな声で言った。

僕は一瞬、深呼吸してから、覚悟を決め、思い切りよく手を挙げた。

「僕、やります」

その瞬間、クラス中が湧いた。ほとんど爆笑といっていいほど、皆が笑っていた。

でも僕はウケ狙いで手を挙げたわけでは決してなかった。

「あのね。ジュリエット役だよ。岡田くん、男でしょう」

「前から女装に興味があって」

僕が言うと、更に教室に笑い声がこだました。

「ダメだよ。誰か他に女の子、いないの？」

芳江先生が僕の発言をにべもなくしりぞけて、他の生徒たちに促した。ところが、誰も手を挙げない。みんなやりたがっていないのは明白、という雰囲気だった。そこに誰かが言い出した。

「でも、逆に男がやったほうがウケるんじゃないかな」

その意見に、他の奴らも「たしかに」「笑える」「イケんじゃね」と賛同の声をあげだした。ついには芳江先生も、半ば折れるような形になった。

「うーん……私は反対だけどな。まぁ、最後は生徒のみんなで決めることだからね。じゃあ、岡田くんのジュリエット役に賛成の人いたら、挙手して」

ぱらぱらと手があがり、その数は徐々に増えていった。ぱっと見た感じ、教室の三分の二以上は手を挙げている風に見えた。

「じゃあ、とりあえず岡田くんにしておきます。ただし、誰か他の女の子が、あとから立候補したら、その子がなる。それでいいかな？」

誰も立候補するとは思えなかったが、その芳江先生の意見で落ち着くことになった。

「次はロミオ役だけど。じゃあこっちは女子にする？」

多分冗談なんだろう、少しおどけた調子で芳江先生は言った。でも誰も手をあげなかった。芳江先生がいよいよ困ったような顔で教室を見回した。

そこに香山が手を挙げた。

「じゃあオレ、やります」

「そ、そう。じゃあ、香山くんにお願いするかな」

芳江先生は少しビックリしたような顔をしてから、黒板に僕と香山の名前を書いた。

ロミオ　香山彰
ジュリエット　岡田卓也
酷い配役だな、と黒板に書かれた字を見て、改めて思った。

「香山、なんで手挙げたんだ？」

ホームルームが終わってから、香山に聞いた。

「目立ちたいから」

と彼は平然と答えてきた。

「僕はてっきり、芳江先生を困らせたくなかったのかと思ったけど」

「考えすぎだな。ってか、オレの問題より、お前がジュリエットやるのが異常なんだからな。何なんだよ、一体。お前の方がオレよりよっぽど変わってるよ」

「……僕にも色々事情があるんだよ」

まぁ、普段の僕は学校行事に参加したがるようなタイプではない。香山のリアクションは無理もないなと思った。

ホームルームのあと、六時間目は体育だった。

たいていの場合、香山は体育の授業を見学することになっている。その日も、香山はバスケの授業をコートの隅で見学していた。香山と同じクラスになってからというもの、僕はいつも、体育の授業は緊張してしまう。だけど、その中でも特に、バスケが一番緊張した。

パスが回ってきた。僕はドリブルでいこうか、シュートでいこうか迷った。そのとき、ちらっと香山のことが視界に入った。次の瞬間、僕は相手チームの生徒にボールを奪われていた。

「ヘボだな！　ジュリエット！」

香山が少し怒ったように僕に叫んできた。クスクス笑いが響く。

後ろを向くと、すでに試合は展開していて、僕のチームは簡単にゴールを決められていた。すぐに戻らなかった僕のせいかもしれない、そう思う間に、味方からカウンターのロングパスが飛んできた。チームメートの声が飛ぶ。

「ジュリエット岡田！」

まるで売れないお笑い芸人の芸名みたいだった。僕はため息まじりの吐息を一つ吐いて、ジャンプしながらシュートを放った。

ボールは弧を描きながら飛んでいき、ゴールネットを割った。

そのとき僕ははっとして香山を見た。目が合う。

「なんだよ」

香山がイラついたように僕に言った。僕は何も言えずに立ち尽くしていた。なんで僕は今、ゴールを決めた後、香山の方を見てしまったんだろう。その振る舞いを、少し後悔した。

＊＊＊

香山は昔、バスケットの選手だった。

中学二年生の、ある時期までの話だ。

その頃、僕と香山は同じクラスの生徒だった。そして僕は、そのときクラスで、特定の不良グループに目をつけられ、いじめられていた。

「飛べよ、岡田！」

とクラスの不良が叫んだ。僕は教室に面したベランダの柵に摑まっていた。

「早く死んでくれたら、俺らも嬉しいんだわ」

きっかけは、別の奴がいじめられていたのをかばったせいだった。僕自身ケンカも弱いし何か勝てる要素があるわけでもないのに、弁当を頭からぶちまけられていたそいつの姿を見て、つい我慢ができなかった。

ベランダで僕は、自分がしたことはバカなことだったんだろうか、と自嘲した。何故なら、そのいじめられていた奴もまた、何故か僕をいじめる輪に加わっていたからだった。意味がわからなかった。いつまた自分がいじめられるかもしれない、という恐怖から逃れるために彼はそんなことをしていたのだろうか。

「死ーね！　死ーね！」

クラスの誰もが僕に対するいじめを見て見ぬふりしているように見えた。それは当然で、止めに入れば次は自分がターゲットになると、僕自身が身をもって証明していたからだった。

いじめにも幾つか種類があって、悪口とか嫌がらせといった陰湿なものもあるけど、僕に向けられていたのは、殴られたり蹴られたりする直接的な暴力だった。その暴力に、そのときの僕は、なんだか疲れていた。

ベランダから、階下の地面を見ていると、ふっと吸い込まれていきそうになった。別に死ぬのもいいかもしれないな、という気がした。生きるのは、なんだか知らないけど面倒臭いことが多すぎる。よく考えてみたら、あまり生きていて、楽しいと思ったこともない。

「わかったよ」

僕はあっさり言って、ベランダの柵を乗り越えた。柵を後ろ手に掴みながら、スニーカー半歩分しかないベランダのへりに足を乗せて、下を見下ろす。振り返ると、開け放たれた窓から、他のクラスメイトたちも無表情でこちらを見ていた。見ていて、とくにどうという反応もとらない。やっぱり、あんな奴らと同じに自分がならなくて、今がこんな風で、それでもよかったんだと僕は感じた。

再び視線を、階下に落とす。

風が、吹いていた。

一年前に死んだ鳴子のことを思い出した。

死ぬのなんて簡単だ、と思った。

でも、足が震えた。

僕はなかなか、思い切れないでいた。

そのときだった。

「おい、そろそろ授業始まるぞ」

ベランダのドアを開けて、香山がこちらにやって来たのだ。

僕は驚いて振り返った。

「うっせーな、お前。引っ込んでろよ」

不良の台詞を聞こえなかったかのように無視して香山は、僕の方に近づいてきた。

そのときまで、香山とはほとんどマトモに喋ったこともなかった。僕が彼について知ってることといえば、バスケット部に入ってる、というくらいのことしかなかった。

それでも僕たちは、全く縁のない間柄というわけではなかった。

香山正隆《まさたか》。

その香山の死んだ兄は、生前の鳴子の恋人だったからだ。かつて近親者同士が交際していた、ということで、僕たちは嫌でもお互いを意識する立場にあった。だから、具体的に何か深い話をしたことはないけど、よく目が合ったりはした。

といっても、僕たちはその程度の関係だったのだ。そのときまでは。

「つまんねーんだよ、お前ら」

香山がはっきりした声で言った。僕は心底驚いた。僕はその驚きを隠しながら、香山に冷静な声で言った。

「放っといてくれよ」

そう言った僕の肩を軽く摑んで、香山は言った。

「オレも仲間に入れろよ」

そう言って、香山は高くジャンプ、柵を乗り越えて、僕の隣に並んだ。「頭おかしいんじゃねーのか？」不良が叫んだ。

「お前らなんかより、岡田の方が百倍度胸あるよ」

と香山は言い、それから、柵を掴む手を離してみせた。

そして香山は、離した手で手拍子を始めた。

「まぁ、オレの方が勇気あるけどな」

それから香山は、手拍子でリズムを取りながら、その柵の外の半歩分の隙間で、つま先立ちで踊るようにステップを踏み出した。

信じられなかった。

その場にいる全員が、呆気《あっけ》にとられて香山を見ていた。誰もが彼の雰囲気にのまれていた。

香山の独壇場だった。

まるで香山は、死を恐れていないように見えた。鮮やかに軽やかに、香山は踊った。

狂ってる。

イカれてる。

頭がおかしい。

そう思った。

「どうよ！」

自信満々のドヤ顔で、香山は僕を振り返った。

そして香山は足を滑らせて落下した。

今度は驚く暇もなかった。

手を伸ばしたが、届かなかった。

呆然《ぼうぜん》としてるうちに、香山は空の向こう側にいた。

そのまま香山はなんとか両足で地面に着地、したところまでは良かったが、足を抱えてうずくまった。苦痛に顔が歪《ゆが》んでいるのが、二階からでもわかった。下で悲鳴があがった。「おい、誰か救急車！」叫ぶ声が聞こえた。不良たちはうろたえたように散り散りになって退散していった。

ベランダには僕だけが残った。

僕は震えていた。

それから思わず、笑ってしまった。

というのは、痛みに苦しんでいるはずの香山が、僕の方を見て、何故か親指を立てて笑ってみせたからだ。

カッコつけてんじゃねぇよ。

でも、カッコいいと素直に思った。

そこで話は終わればよかったのに、現実はもう少し残酷だった。香山の足は複雑骨折していた。その後彼は懸命にリハビリを続け、日常生活には影響がないくらいには回復したが、激しいスポーツはやめた方がいいと医者から言われたということだった。

それに、と香山は後日僕に付け足して言った。「多分もう、スポーツやっても、活躍出来るような足じゃないから」それで香山はバスケをやめた。背が高くて運動神経の良かった香山は、バスケ部期待のエースだったらしい。

そのことについて、僕が直接香山に何か言ったことは、実は一度もない。ごめんとか、ありがとうとか、僕のためにとか、そんなこと一度も言ったことはない。

ただ、なんでそんな突拍子《とっぴょうし》もないことをしたのか、と聞いたことはある。

「なんか、岡田が飛んだら、本当に死んじゃいそうな気がしてさ。二階からでも、打ち所悪かったら、死んじゃうだろ。それに、なんか岡田、死にたがってる気がしたから。でもオレなら、死なない気がしたから。オレって不死身だからな。ああでもしないと、あの場がおさまんないと思った。オレ、ケンカは弱いしさ。結果的に、あれで完全にいじめおさまったんだから、結果オーライだろ」

その説明を聞いても、僕は全然香山の考えがわからなかったけど。

香山は、たまに常人には理解出来ない突拍子もない言動を見せる、そういう男だった。

でも、僕はそれ以来、なんだかんだ言いつつ、香山に対してささやかな敬意を払い続けてきたし、だから香山は僕の恩人なのだった。

＊＊＊

昼休みに廊下を歩いていたら、香山が他のクラスの女子と話してるところに出くわした。気づかなかったフリして通り過ぎようとしたら、いきなりその女子が香山にビンタをくらわせた。廊下にいた他の生徒たちが何事かと一斉に振り返った。

「あんたなんか、死ねばいいのに」

そう言い残し、その子は小走りに廊下を駆けていった。綺麗な子だった。

香山は、どこかすがすがしい顔をしていた。僕に気づいたらしく、彼は笑ってみせた。なんでそういうとき笑えるのか、僕にはさっぱりわからなかった。

「ちょっと付き合えよ」

香山はそう言って、廊下の奥の非常階段のところに歩いていった。仕方なく僕もあとをついていった。

非常階段の踊り場は、風が強く吹いていた。階段の段差に腰を下ろし、香山は空を仰ぎ見るような姿勢でつぶやいた。

「これでやっと全部終わったよ」

「女関係の整理？」

「そうだよ。あー、疲れた」

香山はさっき平手打ちをくらった頬をさすりながら、感慨深げにそう言った。

「なぁ香山、なんでそんなことしてんだ？」

「んー……ゲームに飽きた。だって、飽きないゲームなんてないだろ」

相変わらず勝手な言い分だと思った。それに付き合わされた相手の方はたまったもんじゃない。

「なぁ、岡田。人生ってやり直せると思うか？」

「無理だね」

僕は即答した。

「夢を見たんだよ」

香山は目を閉じて、何かを思い浮かべるように言った。

「兄貴が死ぬ前にタイムスリップして、全部最初から人生、やり直す夢を見たんだよ」

それから香山は突然、声にもならない叫び声をあげて立ち上がった。

「渡良瀬まみずに会いに行こうと思うんだ」

そう言われて、もしかして香山はそのために女関係を整理してたんだろうか、と思った。その意味するところに気がついてはっとしたが、それを確かめる前に、彼は僕をその場に残して立ち去ってしまっていた。

なんだか、すごくショックだった。


まみずの病室は、夏休みが明けてしばらくして、大部屋から個室に移っていた。そのことは、以前の検査の結果と、決して無関係ではないらしい。彼女は、少しずつ痩せてきていたし、目に見えて顔色も悪くなってきていた。

先日の僕の告白に対しての、「ごめんね」の意味、そういったことをまみずは教えてくれなかったし、僕も聞いたりはしなかった。聞かなくても説明されなくても、なんとなくはわかる気がしたし、だけど、そのなんとなくを言語化するのは、途方もなく難しいことのように思えたからだった。

「今日、私、また余命宣告されちゃったよ」

最近まみずは、体調があまり良くないらしい。そんな様子が肌で感じられた。

「ヤブ医者なんだろ。どうせまた外れるよ」

僕はある種の願望を込めてそう言った。

「そうかな。……どうかな？」

まみずのその声は、少し心細そうに響いた。会ったばかりのときとは、違う表情だった。

「今度はあと何ヶ月か、聞きたい？」

「聞きたくない」

正直な気持ちだった。知ったところで何かが出来るわけでもない。自分のことなら知りたいと思ったかもしれないけど、まみずのことは聞きたくなかった。自分で思ってるより、僕は心が弱い人間なのかもしれない。そう思うと、ちょっと苦笑しそうになった。

「ジュリエット役、なれたよ」

いや、そうだ。一つだけ、僕にやれることがあった。まみずの「死ぬまでにしたいことリスト」を一つ一つ僕が代わりに実行して、消していくこと。

「ほんとに？　言ってみるもんだね！」

それは勿論、まみずからお願いされたことだった。文化祭の演目が「ロミオとジュリエット」だというと、「私、やりたい」とまみずが言い出したのだ。僕はもう、まみずに何か言われる前に、「わかったよ」と言っていた。

「じゃあ、次の『死ぬまでにしたいこと』なんだけど」

そう言って、まみずは手元の文庫本を僕に渡した。

「好きな小説家の、お墓参りに行って欲しい」

手渡された文庫本のカバーを見る。作者は静澤聰《しずさわそう》、タイトルは『一条《いちじょう》の光《ひかり》』。ページを開くと、やけに古くさい内容で、いかにも昔の文芸作品、という感じがした。まみずが、いつも読んでる本だった。

「一番好きな作家なの。どうしてもお墓参りに行きたかったんだけど……」

「わかったよ」

多分、ググればそれくらいの情報は出てくるだろう。どこにあるのかわからなかったが、安請け合いをしておくことにした。

「卓也くん。いつも、本当にありがとうね」

まみずが殊勝な調子で僕に言ってきた。

「なんだよ。気味悪いな」

そんな言葉、かけられても全然嬉しくなかった。

「まるで、明日にでも死ぬみたいだ」

僕は軽口を叩いた。言ってすぐに、しまった、と思った。まみずの表情がさっと変わったからだ。

「大丈夫だよ。心配しなくても、大丈夫」

まるで子供をあやすみたいな言い方だった。何が大丈夫なのか、さっぱりわからなかった。

2

静澤聰は戦前の私小説家だ。あまり一般的には知られていないけど、根強いファンがいるらしい。

代表作『一条の光』は、典型的なサナトリウム文学として知られている。サナトリウム文学というのは、療養所に入院している患者の生活を描いたような作品のことをいう。そして『一条の光』は、発光病におかされた主人公を描いている。静澤聰は私小説家で、私小説家というのは基本的に実体験をほとんどそのままの形で小説にする。静澤聰自身も発光病におかされていて、二十代で死んだという。

そんなネット上の記述を見ただけじゃ、いまいちイメージが摑めなかったので、実際に本をまみずから借りて、読むことにした。

授業の合間に自分の席で『一条の光』を読んでいると、香山が話しかけてきた。

「お前、それ、どうしたんだ」

「ああ、ちょっとな……」

古い小説なので、文体や比喩など古くさくて、なかなか読み進めるのに時間がかかった。正直、まみずが読んでいなければ、マイナーな作品だし、一生手に取ることはなかっただろう。

「それ、渡良瀬まみずが好きな作品だよな」

どきっとした。

香山は、何か知っているんだろうか。

「へー、そうなんだ」

僕はとぼけた。とぼけながら、これは少し白々しいとぼけ方なんじゃないか、と思った。

「それ、実はオレも好きなんだ」

意外な事実だった。というより、それが偶然だとはとても思えない。まだ有名な小説ならわかるけど、こんな無名な作品を香山も好きなんて、それは偶然じゃない。

「こっちはまだ、全部読んでないんだからな。ネタバレすんなよ」

「最後、死ぬよ」

香山が即答でネタバレしてきた。だけどさすがにそのオチはわかっていたので、怒る気にもなれない。

『一条の光』はそんなに長い作品ではない。文庫本で二百ページにも満たない。一日で読み終えた。正直言って、とくに面白いとは思わなかった。いや、面白い部分もあるのだけど、その小説はあまりにも救いがないように見えた。発光病におかされ、死期を悟っていた私小説家が、自らの死を予感しながらその死を描いた作品だからだろうか。陰鬱で、とにかく暗い気分にさせられる。

翌日は社会科見学だった。僕のクラスは民族博物館というのに行くことになった。民族博物館、なんとなくイメージが摑めそうでいて摑めない。何が展示されているのか。土器とかだろうか。ヒグマだろうか。

朝九時、現地集合で、集合場所は博物館に近い駅の改札を出たところだった。少し早めに行くと、更に早めに来ていた香山と出くわした。まだ、他の生徒はほとんど来てなかった。

「なぁ、サボらないか」

そんなことを香山が言い出した。突然、こういうことを言い出すのが香山だった。

「なぁ香山、実は行きたいとこあるんだ」

僕はそれに乗ることにした。僕もあまり地元民族の成り立ちには興味がなかったからだ。

「静澤聰の墓参りに行きたい」

香山は少し面食らったような反応を見せたが、すぐに平静に戻って、「じゃあ行くか」と言い出した。

「オレたち、早退するから」

香山がクラスメイトに言い、言われた方はきょとんとした顔をした。改札を抜けて、電車に乗る。ネットで検索した結果、静澤聰の墓は県境の山奥にあるということだった。電車では一時間半ほどだが、そこから山を登る必要がある。

「香山、山登れるか？」

僕は彼の足の状態を気遣って言った。

「まぁ、なんとかなるだろ。ダメなら岡田がおぶってくれるし」

本気とも冗談ともつかないような口調で香山は言った。

それから会話が途切れた。

通勤ラッシュの時間帯が過ぎた電車内は、人もまばらで、静かだった。

よく考えれば、僕たちは二人でどこかに出かけたことなんて今まで一度もなかった。

僕たちに共通の趣味や話題なども取り立ててない。道中の会話が弾むとは思えなかった。

「渡良瀬まみずのことなんだけど」

いや、そうだった。僕たちの唯一の共通の話題というのがそれだったのだ。

「オレ、彼女のことが好きだったんだ」

香山がぽつりと言った。

「知ってる」

僕はなんとなく、とぼけないで返した。

「だよな」

と香山もとぼけないで返した。

そうして香山は僕に、まみずを好きになった理由を話し始めた。

香山がまみずと最初に出会ったのは、中学の受験会場でのことだった。

うちの学校は私立の中高一貫校で、その入学試験はそれなりに難関とされていた。そのとき香山はインフルエンザで高熱を出していたらしい。受験当日に高熱。香山はナーバスになりながらも、なんとかテストを受けていた。でも、意識は朦朧《もうろう》としていて、足もふらついていた。おまけに、吐き気が酷かった。なんとか試験中は耐えたものの、あいだの休憩時間で耐えきれず、トイレに駆け込んで嘔吐したらしい。

教室に戻ってきた香山は、試験会場の教室にたどり着いたとき、もう色々限界だった。足がもつれて、床に倒れ込んでしまった。そこに駆け寄ってきたのがまみずだった。

「大丈夫？」

声をかけられたとき、彼女が天使に見えたんだ、と香山は言った。

「保健室行こうよ。私、ついてってたげる」

優しく言うまみずに、香山は答えた。

「いや。試験、どうしても受けたいんだ」

「じゃあ……頑張ろうね。一緒に受かって、入学式で絶対会おうね」

そこで「きっと」とか「会えるといいね」じゃなくて「絶対」と言った、彼女のその強い言葉に、香山は胸を打たれたらしい。そしてその言葉を支えに、香山は入試を頑張った。

そのとき、香山は思ったらしい。いざってとき、自分も彼女みたいに、困ってる奴を助けられる人間になりたい、と。

中学の入学式で香山はまみずの姿を見つけた。でも別のクラスだった。二人には接点がなかった。それから、香山はまみずのことがずっと気になっていた。

なんとか勇気を出して話しかけに行こうとしたが、そのうちにまみずは学校を休みがちになっていった。原因不明の体調不良らしい、という噂だけを香山は耳にした。

最後にまみずが学校に来た日、彼女は一人で図書室で静澤聰の『一条の光』を読んでいたらしい。本の世界に入り込んでいるようで、香山の視線には気がつかなかった。

その姿を遠目に見たのが、香山が彼女を見た最後だった。

それから香山は、まみずが登校してくる日を心待ちにしていたが、ついにそんな日は訪れなかった。

高一の最初のホームルームで、渡良瀬まみずの病室に誰かが行くという話になったとき、チャンスだと思った。だけど、渡良瀬まみずに会いに行くには、そのときの自分はあまりにも薄汚れていると感じた。それでかわりに、僕に様子を見に行ってもらうことにした。

いつか、自分が会いに行くときのために、僕に接点を作って欲しかった。

と、香山はそう明かした。

静澤聰の墓は、随分と辺鄙なところにあるのだった。それはあるいは、作中の登場人物と同じように、生前人嫌いで気むずかしかった彼の偏屈な性格が反映されてのことだったのかもしれなかった。

「けっこう、きついな」

香山の額に汗がにじんでいた。僕は少し彼のことが心配になったが、だからといって「引き返すか」なんて言えない。僕たちは言葉少なに、黙々と歩き続けた。

そしてやっと、静澤聰の墓にたどり着いた。

「なんか……これで合ってるんだよな？　寂しい墓だな」

と香山がこぼした。墓というのは寂しいものなのかもしれなかったが、それでも香山の言うように、それはとても寂しい光景だった。一般的な墓地とは違うので、他に誰の墓もない。ぽつん、と小さな墓が一つ建っているだけだ。それも、カビと苔《こけ》がはりついていて、かなり風化している。誰が来た様子もない。小説家として一定の成功をおさめた人間の墓とは、とても思えない。静澤聰は死んだとき、身寄りはいなかったという。

特徴的なのは、墓碑に、彼の名前が書かれていないことだった。ペンネームも、本名も書かれていない。かわりに、一文字だけが彫られていた。

無

それが静澤聰の墓碑銘《ぼひめい》だった。勿論、事前にネットで情報を得ていたから、その事実は知っていたし、これが静澤聰の墓で間違いないのだけど、改めて実物を見て、なかなかエキセントリックな墓だな、と僕はそんな感想を抱いた。

「無、か。変な墓だな」

香山が率直な感想を漏らした。この妙ちくりんな墓は、静澤聰自身の遺言によるらしい。その意味の説明を生前求められた彼は、たった一言、「それが私の人生観だ」とだけ答えたらしい。というようなことが、ネットには書かれていた。

たしかに、人間は死んだら無になる。天国に行けるわけでもなければ、どこに行けるわけでもない。あとには何も残らない。

それが真実なんだろう。

僕は携帯を取り出して、まみずに見せるための写真を何枚か撮った。

僕たちはまた元の道を引き返して、下山した。

「……オレ、渡良瀬まみずに告白するよ」

帰りの電車の中で、香山は真面目なトーンでそう言った。

僕も渡良瀬まみずのことが好きなんだ。それで告白したんだ。でもフラれたんだ。

たったそれだけのことを、僕は香山に言えなかった。

かわりに「今度二人でまみずに会いに行こう」と、僕は香山に提案していた。

3

数日後、病室に行くと、まみずは先日の編み物に取り組んでいるところだった。

「今日は、もう一人、お客を連れてきたんだ」

僕が言うと、まみずは編み物の手を止めて、怪訝《けげん》そうな顔をした。

「誰？」

僕の後ろから、香山が入ってきた。彼が緊張している様子が、はたから見ていても伝わってきた。

「オレのこと、覚えてるかな？」

「えーと……あ、覚えてるよ！　たしか受験のとき、会った人だよね？」

　びっくりしたようにまみずが言った。

「覚えてもらえて、嬉しいよ。名前は、香山彰っていうんだ」

「じゃあ、彰くんだ」

　それから香山は僕を振り返って、言いにくそうに言った。

「あのさ、岡田。もしよかったら、少し二人にしてくれないかな」

「ああ……わかった」

　僕はおとなしくまみずの個室をあとにした。廊下のベンチに座り、手持ち無沙汰に天井を眺める。まだ日中の病院では、廊下を、看護師さんたちが忙しなく行き来していた。

　香山は多分、まみずに告白してるんだろうな、と思った。

　それを止める資格なんて、僕には勿論ない。

　それでも、心にはどこかもやもやとした気持ちが残っていた。

　これは、なんだろうか。嫉妬？　自分の中の醜い感情に、苦笑したくなる。

それから、まみずのあの「ごめん」の意味について考えた。僕はもう、フラれたのだ。フラれてもまだ、まみずのことが好きなんだから、どうしようもないな、と思う。

時計を見ると、さっきからまだ五分しかたっていない。

待つ時間って、長いな、と感じた。時間の流れ方は平等じゃなくて、同じ五分でも長くなったり短くなったりする。僕にとって、まみずと過ごす時間は短いものに感じられた。貴重な時間は短く、どうでもいい時間は長くなる。なんで逆じゃないんだろう？　と思ったりする。

目を閉じて、天を仰いだ。心臓が何故か高鳴っていた。僕が緊張してどうするんだ、と思う。

病室のドアが乱暴に開く音がした。振り返ると、香山だった。

「あのさ、香山……」

バカだ、といつも台詞を口にしてから後悔する。声なんてかけていい状況じゃなかったのだ。

香山はほとんど顔面蒼白で、僕を黙って見返していた。虚ろで、表情のない顔だった。茫然《ぼうぜん》自失《じしつ》、という言葉が浮かんだ。香山じゃない、誰か別の人間みたいだった。そんな力ない彼の表情を、僕は今まで見たことがなかったような気がした。

「…………」

いつまでたっても、彼は無言のままだった。

僕は混乱しながら、香山をただ見返した。

「悔しいよ」

やっと絞り出すように吐き出されたその香山の声は、無表情なのに、中身だけが感情的だった。

最後にそう言い残して、香山は病室から離れるように廊下を歩いて行ってしまった。

迷った。

香山を追いかけるべきかと考えたけど、やっぱりそっとしておくべきだと思い直した。

それから僕はまみずの病室に入った。

彼女は気まずそうに顔を伏せて、ため息をついていた。沈黙が流れる。

「最近、暑くなったよなぁ」

僕は適当なことを言いながらまみずに近づいた。

「彰くん、私のこと好きなんだって」

まみずは呆然としたように言った。

「そうか」

僕は答えた。僕のときと同じように、まみずはまた「ごめん」ってただ一言、それだけを言ったんだろうか。

「なんて言ったんだ？」

「ごめん」

やっぱり、と思った僕に、まみずは更に言葉を続けた。

「他に好きな人がいる、って言った」

それからまみずは、なんだか力の抜けた情けない顔で僕を見た。

「そ、そうか。そうなんだ」

なんだかショックだった。いやかなりショックだった。そんなこと初めて聞いた。

一体誰なんだ？

いつどこでなんだ？

狼狽《ろうばい》した。

でも、聞けなかった。

「ほら、こないだ静澤聰の墓参りに行ってきたんだ」

そう言って僕は話題を変え、携帯に先日撮った写真を表示させ、画面を見せた。

「へー、本当に『無』って書いてあるんだね」

まみずもいつもの彼女に戻って、興味津々、といった風に僕の携帯を眺めていた。

「私も、自分のお墓に『無』って書いてもらおうかな」

「僕はなんか他のがいいな」

「例えば？」

「ノイローゼ、とか？」

「やばいね」

まみずはそう言ってクスクスと笑った。僕もつられて笑った。

「次、なんかあるか？」

「何が？」

「その、やりたいこと」

「そうだなぁ……じゃあ、タバコが吸ってみたい。こういうときって、吸ったりするんでしょ？」

どういうときだよ、と思いつつ、僕はビックリして言った。

「いやいや、ダメだよ。まみず、お前病気なんだぞ。タバコなんて絶対ダメ……」

「だからだから、それをやるのは私じゃないんだって。吸うのは、卓也くん。いつものルール、忘れちゃった？」

そしてまみずは、悪戯っぽく笑った。


最近の僕は、それなりに忙しかった。

文化祭に向けて演劇の練習があった。週三で学校や、たまに公園なんかに集まって、あれこれと練習をしている。メイド喫茶のバイトもすっかり休みがちになっていた。ヒロインが男の時点でほとんどギャグなんだから、何をそんなに真剣に練習することがあるんだ。と思わなくもなかったけど、僕は律儀に練習に参加していた。それもこれも、そこから見える景色をまみずに教えてやるためだった。

その日は学校の教室が諸事情で使えず、近くの公園で練習することになった。九月といえどまだ暑さの続く炎天下の公園で、全く勘弁してくれ、と思いながら演技を重ねた。

そのとき練習していたのは、あの誰もが知ってる有名なラストシーンだった。ロミオとジュリエットは互いに愛し合っている仲なのだが、実家同士が喧嘩してるとか色々あって、結ばれない。それでジュリエットは他の男と無理矢理結婚させられそうになって、嫌だから「仮死のクスリ」というのを飲む。死んだように眠り続けるというそのクスリを飲んで、周囲に自分が死んだと勘違いさせ、結婚を諦めさせようとジュリエットは考えた。あとで生き返ってこっそりロミオと逃げ出そうというのだ。ところが、そのことがうまくロミオに伝わらず、眠っているジュリエットを本当に死んだと思い込んだロミオは、あろうことか自殺してしまう。その後、目覚めたジュリエットはロミオの死を知り絶望、自分も自殺するのだった。終わり。嗚呼、なんてすれ違い。

「おお、ジュリエット、なんで死んでしまったんだ」

ロミオ役の香山が、やる気ない声で言った。こんな台詞に、情感を込めるのは確かに難しい。

僕と香山はあの一件以来、気まずくて、なんとなく口をきいてなかった。

「オレも死んで、ジュリエット、君のあとを追うよ」

そうして毒薬を飲んで、まずロミオが死ぬ。

「ロミオ！　ああ、なんで死んでしまったの！」

そうしてその後、僕演じるジュリエットが自分を短剣で刺す。そして二人とも死ぬ。悲しいバッドエンド。そういう手はずだった。

「真剣味が足りないなぁ」

と、演技指導役を務める演劇部所属の女子が渋い顔で言った。こんなものに真剣味があってたまるか、と内心思いながら、「休憩くれ！」と僕は叫んだ。

「三十分、休憩入れまーす！」

場の空気が弛緩した。今日この場に来ていたのは、僕を含めてメインキャストの六人と、他に演技指導役など三人の生徒の、合計九人だった。他の生徒たちは今頃、めいめいに受験勉強にいそしんだり、あるいは遊んだりしているのだろう。

どちらにせよ、大方の人間はクーラーの下にいることだけは確かだ。

そう思うと、幾分、うらめしい気分になった。それから、僕はそっと気配を消して公園から遠ざかり、近くの喫煙所に向かった。ポケットに入れていたタバコを取り出して、火をつける。

「無防備だな、お前」

呆れたような香山の声が聞こえた。振り返ると、いつの間にか僕の背後に香山がいた。

「なんだよ、つけてくんなよ」

「未成年の喫煙、停学だな」

「別にチクってもいいぞ」

タバコの煙を吸い込んで、ゆっくり吐き出す。まだ正直言って、慣れなかった。いわゆる、肺に入れず、ふかしてるだけ、というやつだ。

「貸せよ」

そう言って香山は僕の口元からタバコをパクって、ゆうゆうと煙を吸い込んだ。

「こうやって吸うんだよ」

野外の喫煙所には人がまばらだった。こんな炎天下なのだから当たり前だ。少し小太りのサラリーマンが、ハンカチで汗をぬぐいながらタバコを吸っていた。

「香山、吸ってたのか」

「昔な。もうやめたけど。……その、静澤聰が愛煙家だったんだよ。憧れて、中学のとき」

ああ、なるほど、それでまみずも興味を持ったのか、と合点がいった。たしかに、『一条の光』にも、発光病でもう余命幾ばくもない体だというのに、すぱすぱと気分良さそうにタバコを吸う男が出てきた。

「香山正隆の話なんだけどさ」

正隆、というのは香山の兄のことだった。その名前を今でも記憶していたのは、勿論、彼が死んだからだ。死んで、特別になったからだ。

「兄貴なんだけどさ。あいつ、けっこう頭良かったんだ。スポーツもできてさ。なんか、鼻につくんだよな。だから……オレ、嫌いだったんだよな。正直、死ぬまで。なのに、死んだら思い出が美化されてさ。実はすげーいい奴だったんじゃないかって、ときどき、勘違いしそうになるんだ。そういうことってないか？」

香山が直接的に彼の兄に言及するのを、僕は初めて聞いた気がした。

「なぁ？　兄貴とお前の姉ちゃんって、付き合ってたとき、二人でどんな話してたんだろうな」

「想像もつかないな」

鳴子から彼氏の話を聞いたこともあまりなかった気がした。

「オレらの話とかしてたかな」

「さぁな。香山は女とどんな話してんだ？」

「ああ、お前の話とかたまにしてたよ」

それはなんだか気味の悪い話だった。

「どうせ悪口だろ」

「まぁな。変な奴がいるんだよ、ってさ」

彼は否定せず笑って誤魔化した。

「なぁ、まみずが好きな男って、お前なのか?」

香山がふっとこぼすように言った。小太りのサラリーマンがはっとして僕たちを振り返った。なんだろう。青春してんなぁこいつら、とか思ってんだろうか。

「違うだろ」

「お前、鈍いんじゃないのか」

「知ったようなこと言わないでくれよ」

「イラつくんだけどな」

香山にしては珍しい、乱暴な口調だった。

「はっきりしろよ、岡田」

そんなこと言われても、何をはっきりすればいいのかわからなかった。

「香山はいつも、意味深なことしか言わないな。普通に喋れないのか?」

つい、本気で言い返してしまった。

「渡良瀬まみずは、お前のことが好きなんじゃないのか?」

何も知らない香山は、そんな的外れなことを言ってますます僕をイラつかせた。

僕は香山からタバコを奪い返して一口吸い、火を消した。吐き出した煙が空に昇っていくのをぼんやりと眺めた。ふと、『一条の光』のラストを思い出した。

主人公の男は、発光病におかされていた。そして、自分の死期を悟っていた。ある日、療養所で出会った友人で、同じく発光病を患っていた男が死んでしまう。夜、その男が火葬場で焼かれた際に、煙突から昇る煙が、かすかな光を放っていた。それは、発光病の患者の体が焼かれたために、その煙が月の光を浴びて、光を放っているのだ。そして煙は一筋の光となって、天に昇っていく。その友人の姿を見て、主人公は自らの死を予感しながら、人の死は美しい、と感じる。

そこでこの小説は終わっていた。

4

昼間の授業で、芳江先生が喪服を着ていた。大学時代の恩師が亡くなったらしく、夜に通夜があるらしい。授業の最初に、そんなことを説明していた。

家に帰ってから、鳴子の仏壇の前で、僕は自分が死んだらどんな葬式になるんだろう、と想像したりした。

僕の考えは、はっきりしていた。葬式に一人も来ないのが理想だった。葬式が、嫌いだからだ。

それから、鳴子の通夜を思い出した。あれは酷かった、と思う。突然の死で、みんな混乱していた。僕は親族だったから、さすがにサボるわけにもいかずにちゃんと出た。みんな姉の死について、勝手な憶測を言っていた。僕はそんなこと聞きたくなかった。みんな泣いていて、ただただ、うるさかった。うるさいと思った。僕は泣かなかった。それを見て、親戚のオヤジが「あいつは何考えてるのかわからん」「冷たい奴だ」とこっそり言っているのが、聞こえてきた。僕も、そうかもしれないと思った。

通夜にはたくさんの酒と料理が並んでいた。

なんで鳴子が死んで、酒を飲むのか、僕にはわからなかったけど、みんな飲んでいた。中には、楽しそうな顔をしている奴まで見えた。頭がおかしいんじゃないのか？と思った。僕は親戚の目を盗んで、瓶ビールを一本拝借した。トイレにこもって、瓶のまま飲んだ。初めて飲む酒だった。苦くて不味かった。何回か、何人か、ノックする奴がいた。僕はそれを全部無視して、トイレの中でビールを飲み続けた。

冷たい人間で、ごめんな。

僕は仏壇の前の鳴子に向かって、そっと謝った。

鳴子はもう写真だけになって、だからずっと笑っていた。

最後に、まみずの葬式をイメージしようとした。でも、それがどんなものになるのか、想像もつかなかった。まみずは、いつ死ぬんだろう？　僕は彼女の葬式に行くだろうか？　絶対に行かないな、と思った。

「最近岡田くん、なんか変じゃない？」

とリコちゃんさんがバイトの休憩時間に言ってきた。たしかに、このところ少しバイトで失敗が続いていたような気がした。スパゲッティを茹《ゆ》ですぎてでろんでろんにしたり、焼き鳥丼を間違えて焦げ鳥丼にしてしまったり。ドジッ娘か、僕は。

「すみません、気をつけます」

「いや、ミスのことじゃなくて。いやミスのこともだけど。なんか、この世の終わり、みたいな顔してるから」

そんなに暗い顔をしてたんだろうか。自分では全くわかっていなかった。

「なんかあったの？」

僕は誤魔化すのが面倒臭くなって、正直に答えた。

「フラれたんですよ、こないだ」

「え、好きな子いたんだ」

そっちの方が意外だ、というような口ぶりでリコちゃんさんが言った。なんだかちょっと心外だった。

「まぁ……」

メイド喫茶の業務というのは、果てしないルーティンで回っている。基本的にはサービスも一辺倒で、そこまで代わり映えするものではない。実はそんなにリピーターも多くないし。それでも、メイドさんたちは毎日同じことやってると飽きてくるのか、ちょいちょいアドリブを入れて臨機応変に対応していた。

「岡田くん、オムライスなんだけど、ハートマークじゃなくて、『お誕生日おめでとう』にして」

言われたものの、出来上がったオムライスにケチャップで文字を書こうとして手が止まってしまった。「誕」なんて書けるか！と思った。「おたんじょうびおめでとう」にしても文字数が多すぎて収まらない。結局、「Ｈａｐｐｙ　Ｂｉｒｓｄａｙ」にして切り抜けた。

いつものようにバイト終わり、リコちゃんさんと二人で帰っていたら、彼女がいきなり指摘してきた。

「岡田くん、スペル間違ってたよ。ｓじゃなくて、ｔｈだから。中学レベルだよ。結構頭いい高校通ってんだよね？　そんなんで大丈夫なの？」

「……」

元々英語、苦手だったけど、たしかに近頃、さっぱり全然勉強してなかった。大丈夫なんだろうか？　少し不安になった。

「そういや岡田くん、最近バイトあんま入ってないね」

「ああ、夏休み終わったし、文化祭の準備とか色々、あるんで。そろそろ、辞めるかもしれません」

最近はもう、僕は週一くらいでしかメイド喫茶のバイトに行ってなかった。

「えー、なんか寂しくなっちゃうね。文化祭とかそんなの、参加しなさそうなタイプに見えたけど」

「そういうタイプだったんですけどね……」

まみずと出会ってから、僕の生活はなんだかすっかり変わっていた。

「で、何やるの？」

「ロミオとジュリエットです。僕がジュリエット役で」

「ぶふっ」

正気？　みたいな顔でリコちゃんさんが僕を見てきた。そのリアクションにはわりと慣れていた。

「僕は正常ですよ」

「……それ、なんか気になるなぁ」

「何がですか?」

「その言い方」

「別に普通ですよ」

「だから、それ」

「なんなんですか?」

「まぁ、いいけど」

そこで会話が途切れる。黙々と、幹線道路に面した歩道を二人で歩き続けた。

「こないだの話だけど」

彼女の方から、先に口を開いた。

「こないだ?」

「また今度って」

「あー……」

「今度どっか、二人で遊びに行かない?」

思い切って、という調子でリコちゃんさんが言った。

僕はふっと足を止めた。リコちゃんさんだけが数歩、僕の先を行った。

「そんなマジになんないでよ」

慌てたようにリコちゃんさんが言い足した。

「ごめんなさい」

それ以上何か言える気がしなかった。

リコちゃんさんの顔は、少しこわばっていた。

「冗談だよ。岡田くん、帰ろ」

僕はそれ以上何も返さずに、ただ足を動かした。


リコちゃんさんと別れたあと、ふっと急にまみずに会いたくなった。そんな衝動に駆られる自分が、奇妙だと思った。甘えてる、とも思った。家に帰ろうか、迷った。でも、自然と足は、まみずの病室に向いていた。

月が綺麗な、静かな夜だった。病院に入るとき、ふっと思った。この中で、本当は毎日のように、当たり前のように人が死んでるんだろうな。僕が知らないだけで。そんなことを、思ったりした。

病室に忍び込むと、まみずは起きて、窓際に立って、窓を開け放して外を見ていた。

カーテンが揺れていた。

「早く寝ろよ」

僕が声をかけると、びっくりしたように彼女は振り返った。

「わ、何なの急に」

ちょっと気分を害してるような声だった。

「ごめん。ちょっと、暇だったから、遊びに来た」

なんて言っていいのかわからなかった。自分でも説明のしようがなくて、そうとしか言えなかった。

「バカなの？　時間、考えてよ」

たしかに、夜の十一時も回っているのだ。少し軽はずみな行動だったかもしれない。

「ま、いいや。ねぇ卓也くん、ちょっと、こっち来て」

でもまみずは、すぐに機嫌を直したのか、柔らかい口調に戻って、僕を窓際に手招きした。

「ほら、見て」

まみずはそう言って、窓の外の夜の空気を指さした。

「何を見ればいいんだ？」

僕の質問に答えるように、彼女は自分の腕を、窓の外に伸ばした。

今夜は、月が綺麗だった。

その月の光を浴びて、まみずの腕が、徐々に光を放ちだした。

いつ見ても慣れない。それはなんだか神秘的な光景に、僕の目には写った。そんな風に見られることを、まみずは嫌がるのかもしれなかったけど。

「ね、前より光が強くなってると思わない？」

まみずが言った。目をこらしてよく見てみた。たしかに、彼女が言うように、以前の天体観測のときに比べて、その光り方の度合いは、強さを増してきているように見えた。

「光が強くなってるってことは……それだけ、悪くなってるってことなんだよね」

まみずはまるで他人事のような口調で言った。

「うん」

僕はどう返事していいのか、わからなかった。何も言えない気がした。

「ねぇ、卓也くんって、大切な人を亡くしたことがあるんじゃない？」

まみずが急に、ふっと思い出したように言った。前から言おうと思ってたことを今思い出して言った、みたいな口ぶりだった。

「そんなことないよ」

僕は嘘をついた。

「そう？　なんか、慣れてるみたいな感じがしたから」

「何に？」

「人が、死ぬことに」

そんな人間に、なりたくないと思った。

「なんだよ、それ」

僕は、その日まみずの病室に来たことを、なんだか後悔した。

「帰るよ」

僕が背を向けてドアに向かおうとしたら、彼女が僕のシャツの裾を摑んでいた。

「ごめんね、卓也くん。怒ってる？」

「別に」

僕はそっけなく答えた。

「ねぇ」

彼女の声は少し震えていた。

「怖くて眠れないって言ったら、朝まで一緒にいてくれる？」

そんな弱気な言葉をまみずが口にしたのは、初めてだった。

僕は何も答えないでいた。でも、頭の中は混乱していた。

まみずは一体、どういうつもりでそんなことを言ってるんだろう？

まみずはカーテンを閉めて、それからベッドに横になった。僕が椅子に座ると、静かな声で「こっち来て」と言った。僕は結局、彼女のベッドに潜り込んだ。

「言っとくけど、そういうんじゃないから、変なことしないでね」

「しないよ」

そんな気にはなれそうもなかった。だからといって、落ち着いて眠れるわけもなかった。

「明日、脊髄液《せきずいえき》をとって調べるんだって」

まみずも眠れないのか、僕が起きているかを確かめるようにそんなことを言った。

でも僕は、答えずに黙っていた。

「検査にも二種類あってね。私の病気って、原因がまだ特定されてないの。だから、根本的な治療法もわかってない。その場しのぎの対症療法がメインなの。それでね、なんでこんな病気になるかって、病気の原因を研究するためにする検査ってのがあるの。要するに、モルモットね。新薬も試してるし、私の体で毎日誰かが実験してるの」

それでもまみずは、僕がちゃんと聞いてるかどうかおかまいなしに、喋り続けた。

「原因がわかったって、研究には何年も何十年もかかるから、それで私が助かることなんてないんだけどね。それでも、いつか将来、治療法がわかって、他の人が助かるかもしれないでしょ。私は優しくて立派な人間だから、人類の未来に協力してあげてるんだよ」

目を閉じて、背を向けて寝ていたから、まみずがどんな顔をして言っているのかは、わからなかった。

「偉いよね？　だから、卓也くん、私のこと褒めてよ」

なんて言えばいいのかわからなかった。僕は寝たふりを続けた。そのうち、すーっとまみずが寝息を立てだしたのがわかった。僕はそっとベッドを抜け出して、外に出た。本当に朝まで一緒にいたら、誰かに見つかって面倒なことになると途中で気がついたからだ。

まだ夜の三時だったので、深夜営業のファーストフードで時間を潰して、始発に乗って家に帰った。

帰宅して、ぎょっとした。

母親が、テーブルに座っていたからだ。電気もつけず、薄暗い部屋で、何もせず黙って座っていた。そんな人間を見たら誰だって驚くだろう。僕も実際、驚いた。

「何してんだよ」

「最近変よ、あんた」

どうやら、朝帰りした息子を寝ずに待っていたらしい。

「お願いだから、自殺だけはしないでね」

母親はうつろな目で僕を見据えて言った。まとわりつくような声だった。

「いつもいつも鬱陶《うっとう》しいんだよ。死のうが生きようが僕の勝手だろ」

普段なら流してるのに、つい、そんなことを言ってしまった。

「子供に死なれた親の気持ちなんて、卓也にはわからないのよ」

それ以上何か言い合いする気にはなれなかった。疲れていて、早く眠ってしまいたかった。

「大人なんだからもっとしっかりしてくれよ」

最後に僕が言ってからも、母親はまだ似たような小言を繰り返していたけど、全部無視して自分の部屋に引っ込むことにした。そのままシャワーも浴びずに、寝間着に着替えてさっさと寝た。

　しばらくしてある日、演劇の練習が終わり、その足で病室に行くと、まみずは赤いマフラーを手にしていた。それはどうやら、先日から編み続けていたものの完成品らしい。

「卓也くん、遅いよ」

　そもそも今日行くとかいう約束をしてないのだから、遅いも早いもないのだけど、僕は「ごめんな」と言った。

「今日も、ロミジュリの練習？」

「ジュリエットも、ラクじゃないよ」

　それから僕はこのところの演劇の練習中に起きたエピソードなどを話した。ただし、香山との会話だけはカットして。

「タバコ、どうだった？」

「臭くてまずいだけだよ。オススメしないね」

「すーっとした？　気分爽快？」

「いや……別にって感じだ」

「なんだ。つまんない」

　本当につまんなさそうにまみずは言った。

「ねぇねぇ、ロミオ役って、彰くんなんでしょ？」

「こないだ本人から聞いたのか？」

「うん。キスするの？　きゃー！　どきどき」

「誰がするかよ」

「つまんないの」

なんとなくムカついたので、ほっぺたをつねってやった。

「やーめーてーよー」

面白いくらい狼狽《ろうばい》しながら、まみずがあたふたするので、僕はもっとしつこくやってやった。

「やめない」

「ちょーっとー」

それから、変な喋り方になっているまみずを真似して、言ってやった。

「きーみーはーだーれーがーすーきーなーの」

まみずは僕の手をどけて、急に真顔になった。

「私は誰も好きにならないように努力しているのです」

「なんだそりゃ」

「だから、その邪魔をしてもらっては困ります」

ますます意味不明だった。僕が一体何の邪魔をしてるっていうんだ。

「それから、このマフラーはお父さんに渡してください。お母さんには見つからないように」

「はぁ？　いや、まぁいいけど……」

真さんの住んでるとこ、遠いんだけどな。


先日、真さんから聞き出した連絡先を、僕はケータイに登録していた。連絡すると、こちらの町までは無理だけど、近くの駅まで来てくれることになった。

僕たちはマクドナルドで待ち合わせた。僕が先に着いて待っていた。真さんは店に入ってくるとき、何かしきりに自分の背後を気にしていた。まるでテレビドラマに出てくる、尾行を気にしている犯人みたいだった。

「娘が世話になってるみたいだ」

真さんは少しやつれているようだった。

「これ、岡田くんにプレゼントだ」

と一体何なのか、真さんは本を手渡してきた。書店のカバーがかかっていたから、何の本かわからなかったけど、それを確かめる気にもなれなかった。

「……それで、悪いのか、まみず」

「個室に移って、そろそろ一ヶ月がたちます」

主観を交えず、客観的事実だけを伝えた。

「離婚してるから、法的には問題ないんだ。私の破産の問題が、まみずたちに降りかかることはない。ただ……非合法的な手段もいとわない、という連中も中にはいてね」

「これ、まみずから預かってきたんです」

僕は紙袋を真さんの目の前のテーブルに置いた。中には、まみずから預かってきたマフラーが入っていた。でも真さんは話に夢中で、中身に関心を示そうとしなかった。

「もし、これが偽装離婚だということ、私がまみずたちに密かに金を仕送りしてることがバレたら……二人に迷惑がかかるから」

僕は我慢できなくなって、紙袋からマフラーを取り出し、真さんに渡した。

「これは……?」

「まみずが、編んだんです。真さんのためにって」

「そうか」

さすがに真さんも、中身を見て、心を打たれたらしい様子を見せた。

「少し早いけど、冬まで生きられないかもしれないからって」

真さんの目に涙がにじむのがわかった。でも僕だって冷静じゃなかった。

「とにかく、会いに来てください。お願いします」

そう言って、僕は先に店を出た。

「卓也くん！」

外に出て道を歩いていると、背後から真さんの声が飛んできた。振り返りたくなかったけど、仕方なく振り返った。

「君は、まみずのことが好きなのか？」

真さんの顔は、なんだか威厳がなくて、情けない顔をしていた。

「好きだったら、なんなんですか？」

僕はイラつきながらそう叫んだ。そしてそのまま二度と振り返らず、横断歩道を渡った。

それから、僕はなんとなく走った。

道行く人たちをすり抜けて、全力で走った。

青春ドラマみたいだと思った。バカみたいだと思った。バカだと思った。

渡良瀬まみずは、もうすぐ死ぬ。

見ないようにしてきた、目を背けてきた死のリアリティが、眼前に迫ってきていた。

それから、これまでの日々を振り返った。

まみずの願いは、大体いつもつまんないことばっかりだった。

そういうつまんないことを、死ぬまでにしたい、それもそれでリアリティのある話ではあった。

でも、違うだろ？

そう思った。

そんなことが、本当にお前の死ぬまでにしたいことなのか？

本当に、心残りはないのか？

何も思い残さず、渡良瀬まみずは死んでいけるのか？

僕にできることは、何だ？

自分の無力さが嫌になった。

考えても結論の出そうにないことを、僕はぐるぐると考え続けた。

家に帰って、でもなんだか目が冴えて眠れなかった。ふと思い出して、真さんにもらった本、鞄に入れっぱなしになっていた物を取り出した。カバーを外して、本のタイトルを見る。

スノードームのつくりかた
そう書いてあった。スノードームって、作れるのか。意外だった。

パラパラとページをめくるうちに、これ、頑張れば直せるんじゃないのか、と気がついた。

もしかしたら、真さんは、そういうメッセージを込めて僕にこの本を渡したのかもしれない。

まみずから預かったままのスノードームの残骸を、改めて眺めてみた。そのミニチュアのログハウスは、元いた雪の世界を失って、現実の僕のちっぽけな部屋の中で、所在なげに転がっていた。そんな風にしておくのも心苦しかったので、せめてちゃんと立たせて置いておこうとしたのだけど、何度してもうまくいかなかった。津波で流された家みたいだ。ガラス玉の中にあったときは、そこに誰か住んでいそうに見えなくもなかったのに、今ではただのガラクタにしか見えない。何かが決定的に失われた家の風景。

機能不全の家。

一瞬、変な錯覚にとらわれた。まるで自分の家を、どこか別のマンションのベランダから双眼鏡で眺めているような気持ちになったのだ。勿論、僕の家はログハウスなんかじゃない。でも似てる気がした。それは不思議な感覚だった。それから次に、まみずの家のことを想像した。

必要な材料は、ホームセンターで揃いそうだった。


二学期が始まってから、夏休みに比べて僕がまみずの病室に行く頻度は減った。週に二、三度。行くたびに、まみずの顔色が悪くなっていった。

死が、渡良瀬まみずに迫ってきていた。

それが最近、病室で彼女のそばにいるとき、肌で感じられた。

どんどん、まみずは痩せていっていた。

「まみず。次、なんかしたいことないの」

「……寝たい」

最初、まみずは冗談を言っているのだと僕は思った。でも違った。彼女は憂鬱そうな顔で、ベッドに寝転んでいた。僕と目を合わせようともしなかった。

「もう、卓也くん、来なくていいよ」

「なんでそんなこと言うんだよ」

「私のことなんか、全部きれいさっぱり忘れてよ」

「なんだよ、それ……」

「つらいから。もう、あなたの顔、見たくない」

まみずの声は少しヒステリックだった。

「ほっといてよ。人として嫌いなの、あなたのこと。鬱陶しいのよ」

「……嫌われようとして、そういうこと言ってる？」

声が震えた。自分が感情的になっても仕方がないのに。でも平静ではいられなかった。

「そうだよ」

彼女は無気力な、捨て鉢な声で言った。

「それが私の最後のお願いだよ。『もう二度と会いに来ないで』。わかった？」

「……わかったよ」

なんで僕はわかったなんて言うんだ。わかってなんかないのに。

僕は病室をあとにした。もしかしたらこれが、本当にまみずに会う最後の機会かもしれない。そう思うと、最後がこれかよ、という気がした。今までの僕たちの時間はなんだったんだろうと思った。でも、そんなこと考えていてもしょうがない。ドアを閉めて、病室をあとにした。全部終わったことなのだ。自分に言い聞かせようとした。

全部、悪い夢だった。

さっさと忘れてしまおうとした。

大体、まみずと出会ってから、面倒臭いことばっかりだった。

滅茶苦茶なことばかりさせられて、最初あいつは、僕を困らせて明らかに楽しんでいただけだったのだ。

あいつは、嫌な奴だ。

性格がひん曲がってるんじゃないか？

それから、自分勝手なところもある。

わがままだし。

思ってることをちゃんと言わないで、隠すようなところがあるし。

つまり、素直じゃないし。

気が強いし。

そのくせ、気弱なところがあって。

すぐ泣くし。

喜怒哀楽が激しくて。

家族思いのところがあって。

優しいところもたくさんあって。

繊細で。

傷つきやすくて。

僕はいつも、傷つけてばっかりで。

…………。

僕はまみずを忘れられるんだろうか。

無理だと思った。

5

そろそろ夏から秋になる。鳴子が死んだ秋になる。

この季節になると鳴子のことをよく思い出した。それで毎年、秋が近づくと気持ちが憂鬱になった。とくに、今年が一番嫌だった。僕は、自分自身が、姉の生きていた高一の秋を越えてしまうのが、なんだか嫌だった。

まみずに会わなくなって二週間がたち、学園祭が翌日に迫っていた。

普段はこの演劇の準備に参加していなかった生徒たちも、さすがにこの前日はほとんどの連中が参加していた。アリバイづくり的なところもあったし、青春っぽいイベントに一枚くらい噛《か》みたいというのも人情なんだろう。みんなそれなりに忙しかったが、メインキャストの僕たちはわりと作業の割り当てがなくて逆に暇だった。手伝おうか、という気分にもなんとなくなれなかった。

「いよいよ明日だな」

教卓にもたれてぐだっていた僕に、香山が一階の自販機で買ってきたらしい炭酸飲料の缶を投げてよこした。

「岡田、なんでジュリエットなんだよ」

今更、根本的な懐疑を僕に向けてくる香山だった。

「いや……実はさ。まみずがやりたがってたんだ、ジュリエット」

「はぁ？　なんだよそれ」

「まみずは、いつも言うんだ。彼女の『死ぬまでにしたいこと』を僕がかわりにやって、話を聞かせて欲しいんだって」

「じゃあ明日オレは、お前を渡良瀬まみずだと思って演じればいいのか？」

「泣けるな」

口の中で炭酸がはじけていく。

「あと二ヶ月なんだろ」

香山が、僕も当然知ってるだろ、みたいな口ぶりで言った。僕ははっとして彼の顔を見た。

「まみずが言ってたのか」

夏休み明けにまみずが、再び余命宣告をされた、と言っていたのを思い出した。あのとき僕は、具体的なことが怖くて聞けなかったのだ。

「お前と一緒に病室行ったときな。岡田は、聞いてないのか？」

ショックだった。それを僕が知らないのに香山が知っているというのもショックだったけど、でもそんなことより、二ヶ月というその数字が衝撃だった。冷たい水の中に突き落とされたような気分だった。

「なぁ、岡田。なんでオレみたいなクソがのうのうと生き延びてて、美しい人間が死ななきゃいけないんだ？　そんなの、おかしいじゃないか。そう思わないか？」

香山は誰のことを言ってるんだろう。まみずだろうか、兄のことだろうか、それともその、両方だろうか。聞きたくなったけど、やっぱり聞かなくていい気がして黙った。

かわりに何か言おうとして言葉を探した。

「僕もフラれたんだよ。渡良瀬まみずに」

やっと、僕は香山にそう言った。でも香山は、少しも驚いたような素振りをみせなかった。

「いつもそばにいてくれて、でも決して手を触れちゃいけない人」

「はぁ？」

「渡良瀬まみずが好きな男の話だよ」

初耳だった。

「本人が言ってたのか？」

「そうだよ。だから、お前のことだろ」

「いや、違うな。僕はまみずとはこないだ絶交したし、もう会わないし」

「絶交ってお前……ガキか」

「たしかに」

たしかにガキだと思った。

ねぇ、私がいつか、絶対来ないでって言っても、会いに来てくれる？

そんなまみずの台詞を、今になって、ふっと思い出したりした。

夜は更けていく。僕たちは最後に、通して入念に演技の練習をした。

まず、ジュリエットがクスリで仮死状態になる。

次に、ジュリエットが死んだと勘違いしたロミオが自殺する。

最後に、ロミオが死んだことに絶望して、ジュリエットが自殺する。

無、だ。

愛するものが死んだ時には、自殺しなきゃあなりません。

鳴子が赤線を引いていた、あのフレーズがふと頭に浮かんだ。


夜の病室に忍び込むのには、それなりに勇気とか思い切りみたいなものが必要だ。すでに何度も繰り返してきた僕は、まみずと出会ってから、多少の度胸みたいなものがついたのかもしれない。

とはいえ、毎回毎回うまくいくというのは話がうますぎる。

そうなのだった。

演劇本番を翌日に控えて、どうしてもまみずの顔が見たくなった僕は、学校からの帰りに深夜、病院に忍び込んだのだ。そして、看護師さんに拿捕《だほ》されてしまったのだった。

以前に、売店でまみずが倒れたときに話した、あの岡崎という名前の看護師さんだった。彼女はため息をついて、僕をナースセンターの椅子に座るよう促した。

「そこ、座りなさい」

「名前は？　正直に言いなさい」

「岡田、です」

「フルネームで！」

岡崎さんの声はやけに厳しかった。

「岡田……卓也です」

「やっぱりそうか」

何がやっぱりなのかわからなかったが、彼女はともかくそう言った。

「面会時間が過ぎたら、部外者の入室は禁止ってことになってるわけ」

「はい……すみません」

もうこうなった以上、ひたすら謝る以外に方法はない。うつむいて、ただただ頭《こうべ》を垂れた。

「まぁ、そんなことはどうでもいいのね」

深刻な表情を崩さないまま、岡崎さんは言った。僕は驚いて顔を上げた。

「そんなことよりね。あなたは、なんで急に渡良瀬さんのお見舞いに来なくなったわけ？　付き合ってるんでしょ、あんたたち」

ビックリした。岡崎さんは何か大きな勘違いをしているらしい。忙しくて、誰が誰の見舞いに来てるかなんて、把握してるとは思わなかった。僕がまみずの病室を頻繁に訪れていることを、彼女が知っているなんて思いもしなかった。

「ケンカでもしたの？　それとも、もう嫌になった？　どんどん弱っていく彼女を見るのが、つらくなった？」

「そうじゃないですよ。ただ……嫌われちゃって。もう顔も見たくないって言われたから」

「だから顔を見せないわけね。ふーん」

それから岡崎さんは、サンダルをつっかけた足を僕の方に伸ばして、軽く僕の足を蹴った。

「中途半端なこと、してんじゃないわよ」

「……だって、しょうがないじゃないですか。彼女が嫌だっていうんだから。引くしかないでしょ。それともアレですか。岡崎さんは、ストーカーじみた変質的な愛にほだされちゃうタイプですか？」

僕は何故か場違いな軽口を叩いていた。空回りしている、そう、自分でもわかっていた。

「あんたは、何もわかってない。わかってないことを、悪いとも思ってない。自分が正しいと思ってる。その正しさに、酔ってるだけ。ありがちだけど、タチが悪い」

意味深な言葉を次々に吐きながら、岡崎さんは立ち上がった。

「もう、見回りの時間だから行くけどさ。あんたも、今日は帰りな。夜中に病人を起こさないでさ」

そう言われて、僕もゆっくり立ち上がった。

「当直のとき、夜中、患者さんのベッドを見回るのさ。最近渡良瀬さん、眠りながら泣いてるんだ。あんたが来なくなってから、ずっとだ。本人も気づいてないんだと思う。私はそれを見ても何も言えない。そこまで一人一人の患者さんの心の中に立ち入ったり出来ないから。『卓也くん、ごめんね』っていつも言ってる。あんたの名前だろ？　毎晩あんたに謝ってる。何が彼女をそうさせるの？　それは私にもわからない」

随分早口で喋る岡崎さんだった。漫才師か政治家のほうが向いてるんじゃないかと思った。

「わかるのは、多分この世であんた一人だけだ」

それだけ最後に言って、岡崎さんはナースセンターを出て行こうとした。

「あの！」

僕は思わず叫んでいた。

「静かに。夜なんだから」

「すみません。あの、明日、僕のクラス、演劇やるんです。明日が本番なんです。だからまみずの顔が見たかったんだけど。まみずのために、僕頑張るからって。それだけ、彼女に伝えてもらえませんか」

「気が向いたらね」

そう言って、岡崎さんは行ってしまった。僕は結局、まみずの顔を見ずに、おとなしく帰ることにした。


文化祭の本番前、僕はけっこう、つらい思いをしていた。

「動かないでよ、卓也くん」

クラスの女子たちにつかまって、ジュリエット役の僕は、教室で本格的なメイクアップをされていたのだった。ご大層なドレスまで着て。ドレス着用とは聞いていたが、まさかメイクまでやるとは聞いてない。

「別にここまでしなくていいんじゃないのか……」

うんざりしつつ言ったが、もうクラスじゅうが悪ノリしていて、聞く耳を持たない。男子たちの忍び笑いが響いていた。「岡田くんって化粧映えするよね」「私より綺麗かも」「ってか、案外イケるじゃん岡田」となんだか慰めにもならない声をかけてくるのだけど、鏡を見ると、どう見てもそれは滑稽《こっけい》な姿にしか見えなかった。今すぐ全部やめにして逃げ出したかった。

「岡田、緊張してるだろ」

ロミオ役の香山が貴族の格好でやってきて、明らかな野次馬根性で僕のメイク姿を覗き込んできた。

「全然」

お前の方が緊張してんじゃないのか、と言ってやりたかった。香山の顔がひきつっているのが、僕にはわかった。

「ウケるといいよな、岡田」

すでに僕が女装して出る時点で、どう考えても、このシェイクスピアの悲劇はコメディに成り下がっているのだった。

「お前も女装すりゃいいんだよ。ロミオは実は女だった、新感覚百合悲劇だよ」

悲喜劇の間違いだったが。

「で、演じるのは男二人か」

「笑えるな」

自分で言っておいてなんだが、実際は全然笑えなかった。

それでも……すでにだいぶうんざりはしていたけど、僕は真剣にやり切るつもりだった。

これは僕のためにやることじゃないのだから。

練習だって、なんだかんだ、そこそこ真面目にやってきたのだ。だから大丈夫。

「大丈夫だよな?」

ふと不安になって、僕は香山に言った。

「おお、似合ってるよ」

香山は何故か僕の女装の感想を言ってきやがった。軽く小突いて、メイクが完了したので、立ち上がろうとした。そのとき。

僕が教室隅に脱ぎ捨てていた制服のポケットで、携帯が震えだした。僕は慌てて近寄り、画面を見た。

渡良瀬まみず、と表示されていた。

しかも、ビデオ通話だ。

「おい、岡田、もう本番前だぞ」

誰かが言ったが、僕は無視して通話に出た。

画面一杯に、まみずの顔が表示された。

その顔を見て僕は……笑ってしまった。

「私の顔が、見たいんだって？」

目の下のクマは酷くて、目は真っ赤だった。直前まで泣きはらしていたことを、隠すつもりもないような酷い顔だった。こんなに酷い顔をしてるまみずを、僕は今まで見たことがなかった。

「どう？」

まみずは何故か、胸をそらすようにドヤ顔で言った。

「誰がなんて言ったって、この世で一番君が綺麗だ」

僕は本気で言った。今という時間に魔法がかかっていて、そんな台詞も、今ならちゃんと響く気がした。

「ふふ、でも卓也くんの顔もすごいね。お姫様みたい」

うるさいんだよ、と思った。

「行くぞ、まみず」

僕はビデオ通話をオンにしたまま、廊下に出た。バッチリメイクして、派手なドレスを着た僕を、廊下にいた生徒たちが一斉に振り返る。悲鳴とも歓声ともつかない声があがる。

本番衣装を着たキャストたちが、控え室がわりの教室から本番の演劇をやる講堂まで行進するのは、うちの高校の恒例となっていた。

行き交う生徒たちも、足を止めてはやしたてる。

僕の後ろから、クラスメイトたちがぞろぞろとついてきた。僕は先頭に立って、一歩一歩、堂々と、廊下を歩いた。まみずとビデオ通話を続けながら、歩いた。まみずも一緒に連れてく、そんなつもりだった。

「すごいね、卓也くん」

まみずは感激したように言った。

「これからが本番だよ」

まぁ、僕も緊張していないこともなかったけど。

「がんばって！」

まみずが言った。

「うん」

僕は短く答えて、それから前を向いて、歩き続けた。

講堂の中に入った。

それから、中にいた芳江先生を見つけて近づいた。

「なにそれ、岡田くん、すごい格好」

芳江先生は半笑いで僕を見た。

「いや、その話はいいんで。これ、今、まみずとつながってるんです。ビデオ通話」

「へ？　なんで？」

「何でもいいからこの僕の携帯、舞台に向けててくれますか？　まみずも、クラスの一員なんで。見たいと思うんで」

そう言って僕は携帯を芳江先生に手渡した。そう言われたら、嫌とは言えないだろう。先生も無言でうなずき、僕の携帯を受け取った。僕は芳江先生に背を向けて、講堂の客席から舞台袖に向かった。

「香山、まみずが見てるよ」

神妙な顔つきで待機していた香山に、声をかけた。

「知ってる。さっき通話してたな、岡田」

「まぁ……ちゃんとやろうぜ」

「そうだな」

　そうして僕たちの劇が、ロミオとジュリエットがスタートした。

　劇はというと、客席の反応はやっぱり笑いがメインだった。そりゃジュリエットの僕が男なんだから、笑うしかない。別にそれでいいと思った。

　ただ、香山の様子だけが変だった。

　緊張しているのか、何のせいなのか、本番前は気合い十分という感じだったのに、いざ始まってみればまるで元気がない。案外、本番に弱いタイプなんだろうか、と僕はいぶかしく思った。一方の僕はもうヤケクソで、開き直ってジュリエットを演じていた。

　劇も終盤にさしかかり、いよいよあとは、ロミオとジュリエットが死ぬだけとなった。

　まずジュリエットである僕が「仮死のクスリ」とやらを飲んで、舞台の真ん中で死んだように眠り続ける。

　それを発見したロミオ役の香山が、何十回も練習してきた台詞を叫んだ。

「おお、ジュリエット、なんで死んでしまったんだ」

ところがそのとき、香山に異変があった。そのあとの台詞がなかなか出てこない。僕は死んだように眠っていなきゃいけなかったけど、閉じていた目をうっすら開けて様子を確認した。

目の前に、バカがいた。

香山は、泣いていた。

号泣していた。

二階から落ちても泣かなかった香山が、泣いていた。

泣きすぎて、次の台詞が言えないでいたのだった。

その様子に気づいた客席が、騒然となっていた。「どうしたんだオイ」「なんか、泣いてんぞ」「なんだそれやべー」「どうしたんだよ」練習中、あんなにやる気ない感じで言っていた台詞に、香山はのめり込んでいた。

じゃあ明日オレは、お前を渡良瀬まみずだと思って演じればいいのか？

昨日の香山の言葉が、思い出された。

かなりの沈黙が流れた。放送事故みたいなものだった。

おいおい、どうするんだよ香山？　僕はハラハラしながら香山の様子を見守った。

まだ涙はとまらない。

それでも、やっと息を整えた香山は、一息に次の台詞を言った。

「オレも死ぬよ。ジュリエット。君のあとを追うよ」

そして香山は、毒薬を飲み込もうとした。

反射的に、僕は腕を伸ばしていた。

「待てよ」

僕は立ち上がって、ロミオの腕を掴んだ。

その空間にいる僕以外の人間全員が、呆気にとられていた。

当然だった。寝てなきゃいけないジュリエットが、突然起き上がってロミオの自殺を止めたのだから。それじゃ、二人はすれ違わない。全然、切なくない。

「死ぬな、ロミオ」

僕は元気に立ち上がり、目を見開いて叫んだ。

「ジュリエット、まだ、死んでないから！」

次の瞬間、講堂じゅうが笑い出した。

「仮死状態だったんだよ、ロミオ。だから死ななくて大丈夫。ジュリエット、生きてるから！」

「わ、わ、わ……」

香山は泡を食ったような顔で僕を見ていた。舞台袖でクラスメイトが、「滅茶苦茶だ……」と頭を抱えていた。

「わー、ラッキー……!」

と香山が言った。それで客席は更に、笑った。


クラスじゅうから総スカンでも喰らうかと思っていたけど、案外怒る奴は少なかった。ただのロミオとジュリエットなんて誰もが見飽きてるし、最後の僕の酷いアドリブが結果的にはウケたので、それ以上何か文句を言う奴というのもいなかったのだ。むしろ、ありゃウケたわ、と褒めてくる奴もいるくらいだった。何にせよ、もう終わったことなのだ、グチグチ言う奴もいない。

唯一文句を言ってきたのは担任の芳江先生くらいのものだった。

「岡田くん、アレはちょっとね……」

と小言を並べ立てた彼女を無視して、携帯を受け取る。ビデオ通話は継続中で、画面の向こうには笑顔のまみずがいた。

「見たか?」

「うん。今まで見たロミジュリの中で、一番面白かった！」

「そりゃどうも」

　僕はドレス姿のまま、携帯を持って講堂の外に向かった。なんだか、小人になったまみずを手のひらに抱えているような気分だった。

　講堂の外は、すっかり夕暮れていた。季節はいつの間にか秋に変わり、暗くなる時間も早くなっていた。

「おーい、ジュリエット！」

　振り返ると、香山が追いかけてきていた。香山も、まだロミオ姿のまま、段ボールで作った剣を振り回していた。香山が何か投げて僕の方に渡してきた。見ると、ウェットシートのメイク落としだった。

「彰くんも、サイコーだったよ」

　まみずが香山に気づいて言った。

「熱演だったろ？」

　よく言うよな、と僕は思った。

「岡田、このあと、打ち上げ行くか？」

　香山がどうでもよさそうな声で言った。

「興味ねーな」

　メイク落としで顔を拭いながら僕は答えた。それよりも今は……早く、まみずに会いたかった。それが正直な気持ちだった。

「私、行きたい！」

「……つまりそれって」

「行ってきて、卓也くん。今度ちゃんとレポートしてね」

「あのなぁ……」

「今日のヒーローは卓也くんだよ。あ、ヒロインか。だからちゃんと、行ってきてね」

　そう言い残すと、まみずはぷつんと電話を切ってしまった。

　……もしかして、気をつかったんだろうか。

　だとしたら、がらにもない。そんなことして欲しいなんて望んでないのに。僕はまみずに会いたかったんだけど。

「あのさぁ、岡田」

「何だよ」

「今の感じで、まだお前、ビビってんの」

「何が言いたいんだよ」

「お前のこと好きじゃん」

「うるさいよ」

　結局その日は打ち上げに出ることにした。二次会のカラオケで、誰かが「青春なんてあっという間」みたいな意味の歌詞を歌っていた。みんな楽しそうだな、と思った。結局、適当なところで抜け出して帰ることにした。時間を見ると十一時を少し回っていた。病院に寄るか迷った。でも、昨日も看護師の岡崎さんに叱られたところだ。まみずにもゆっくり寝て欲しい。とりあえず、病院には明日行くことにした。

　家に帰って、スノードームのことを思い出した。そういえば、材料を買ってきたまま、放置していた。なんとなく暇だったので、真さんにもらった本を読みながら、ともかく僕が壊したスノードームの修理をやってみることにした。

　まず、買ってきてあったガラス瓶の蓋に、ミニチュアのログハウスを接着剤でくっつけた。それから、ガラス瓶の本体に液体のりをたっぷり注ぎ入れる。次に、中にスノーパウダーと呼ばれる模型用の雪を入れる。僕が紙吹雪だと思っていたのがそれだった。

　最後に、蓋を閉めて、ひっくり返せば完成だった。ものの十分ほどで出来上がった。こんなに簡単にできるのか、とちょっとビックリした。

元の物のように、丸い水晶玉のようなデザインではなく、ただのガラス瓶を流用して作ったものだったから、それはそれなりに不格好な代物だったけど。

6

翌日は雨だった。だから傘をさして病院に行った。傘立てには満杯に傘が並んでいた。風邪でも流行りだしてんだろうか？　鍵付きの傘立てにきちんと傘を入れるのもまどろっこしくて、適当に突っ込んで中に入る。まみずの病室は、相部屋から個室にうつり、四階から六階に移動していた。でも、エレベーターも待ってられなかった。そのくらい、はやる気持ちを抑えられなかった。鞄の中には、スノードーム。僕は一段一段、階段を上っていった。汗がうっすらと滲んだ。まるでちょっとした修行だと思った。

ちゃんと、言うんだ。

今日こそ、もう一回、ちゃんと言うんだ。

なんとか六階までを上りきり、僕はまみずの病室の前にたどり着いた。

ドアに何かの札がかかっていた。

面会謝絶

そう、書かれていた。

ぞっとした。言葉で、後頭部を殴られたみたいだった。背筋が凍った。嘘だろ、と思った。

僕はマトモに立っていられなくなってしゃがみ込んだ。息が荒かった。呼吸困難になりそうだった。世界が回転してた。吐きそうだった。しばらく、うずくまっていた。中はどうなっているんだと思った。でも入ったからといってどうにもならない。それでまみずの病状が悪化したら、元も子もない。だけどどうしても、今のまみずの状態が知りたかった。

岡崎さんがいないかと思って、ナースセンターに行った。一昨日来たばかりなのに、病院の廊下やナースセンターはまるで別の光景に見えた。どこかその光景は僕にはよそよそしいものに感じられた。何も変わってないのに、そう感じた。

「あの、渡良瀬まみずさんのこと、お聞きしたいんですけど。どういった状況ですか？」

でも、岡崎さんはその場にいなかった。非番なのか、忙しいのか。

「あなた、誰ですか？」

愕然とした。僕はまみずの何なんだろう？　その関係性を示す、適切な言葉が見あたらない。

僕は…………………。

「ただの、知り合い、です」

「では、渡良瀬さんは面会謝絶です。また後日、いらしてください」

ただ通り一遍のことだけ言われて、僕は力なく引き返した。

それでも、そのまま帰れるわけがない。

まみずの病室の前のベンチで力なくうなだれていた。

そういうポーズをとっていたら、岡崎さんがやって来て声をかけてくれるんじゃないかと思った。でも結局、彼女は現れなかった。

不安で、心細くて、死にそうだった。

そのうちに、夜の八時を過ぎた。

「時間ですので……」

面会時間が終わったから帰れと、別の看護師に言われた。返事する気力もなかった。

僕は無言でトボトボとエレベーターに乗った。

帰り道、携帯から、まみずに二十回くらいメッセージを送った。

Vどうした?

>大丈夫か？
>大丈夫じゃないのか？
>生きてるよな？
>元気だよな？
>元気だって言ってくれよ
>なぁ
>おい
>死ぬな
>死んじゃダメだ
>まだ僕にやって欲しいことあるだろ
>まだ、たくさんあるだろ
>死んでもつまんないぞ
>無だからな
>退屈だぞ
>遊ぼうぜ
>今コンビニでカップ麺食ってるよ

>悲しくても腹減るんだな
>そのことが悲しいよ
>今度病院抜け出してどっか行こう
>もっと早くそうしてればよかったんだ
>なぁ?
>人生、楽しもう
>生きてるよな?
>生きててくれよ
>頼むよ
>お願いだから
>生きててくれ

既読はつかなかった。まみずは完全に沈黙していた。

一睡もできず、朝になった。これから先ずっと、眠らなくても生きていけるんじゃないかって気がした。吐き気がしたので吐いた。昨日食べたカップ麺だった。まみずのかわりに僕が病気になりたかった。それかかわりに死にたかった。まみずがいない世界を生きていく覚悟が、できなかった。

家にいても眠れそうになかったし、学校に行く気もなかったので、外に出た。意識が睡眠不足で朦朧としていたが、同時にクリアだった。言葉にするとそれは矛盾しているけど、でも僕の中ではたしかに両立していた。

朝の住宅街は人けがなかった。それを僕は寂しいと感じた。いつからこんなに孤独に弱くなったのか、自分でもわからなかった。他人なんてウザいだけ、かつてはそう思ってたのに。人って変わるもんだな、と冷静に思う。

電車に乗って繁華街に行ってゲームセンターでゾンビを撃ち殺した。殺しても殺してもゾンビは襲いかかってきた。たくましい生命力だよと思った。結局ゾンビに食い殺されたので、レースゲームに移行した。派手なクラッシュしても僕は生きていた。僕は不死身だった。何をやっても死なかった。

それから一人でプリクラを撮った。どんどん目がデカくなってく自分の顔を見て笑った。外に出てライターで全部燃やした。タバコを三本同時に吸った。煙が目にしみた。

横断歩道を渡ってるときになんとなく思いついて、すぐ横に停車していたタクシーに乗った。「海まで行ってください」って言った。金が足りるのかどうかはわからない、でも別にどうでもよかった。

横にまみずがいればきっとなんでも楽しいのに、一人だと何をやっても悲しかった。海に着いた。ギリギリ金は足りた。ただ問題は、帰りどうするんだよってことだったが。まぁ、どうにかなるだろう。ヒッチハイクでもすればいい。したことないけど。シーズンオフの海岸に人はまばらだった。砂浜に突っ込んだ。砂まみれになった。たまに通りかかる人たちが、僕をおかしな人を見るような目で見てきた。かまわなかった。僕は砂の上を自宅のカーペットの上にいるみたいにごろごろ転がった。時間の感覚が麻痺《まひ》してきた。一瞬眠ったのかもしれなかったし、眠らなかったのかもしれない。眠ったとしても多分数秒だったと思う。夕方になって夜になった。

気がついたら警官が来て僕を覗き込んでいた。

「大丈夫か、君？」

「大丈夫です。……僕はまだ正常です」

無表情でそう答えたとき、電話が鳴った。画面も何も見ずにすぐに出た。

「ごめん。寝ちゃってて昨日。どうしたの、あんなにメッセージ。心配した？」

まみずの声だった。声に力がない。

「ああ。ごめんな。なんか気持ちが昂《たか》ぶっちゃってさ」

「卓也くん!?　泣いてる？」

まみずがビックリしたような声で言った。

「うるさいな。泣いてないよ」

僕はやっと、それだけ答えた。


翌朝、病室に行くと、まみずの腕には何か得体の知れない管が何本も突き刺さっていた。それでも、意外に元気そうなまみずがそこにはいた。僕が中に入っていくと、彼女はすぐに身を起こしてこちらを向いた。

「最近ちょっと、眠くって。よく寝ちゃうの」

まみずは昨日僕が来たことを知らないんだろうか？

まぁ、そんなことはどうでもいい。

「生きててよかった」

笑いそうになる。それが正直な感想だった。

もしまみずが健康だったら、もっと僕は彼女に対して色んなことを思ったかもしれない。

もっとこうして欲しいとか。

好かれたいとか。

優しくされたいとか。

嘘は、つかないで欲しいとか。

でも、そういうのは全部、何かの皮のように一枚一枚、剥《は》ぎ取《と》られていって、最後に残るのは、生きてたらそれでいい、という感情だけだった。

生きてたらそれでいい。

「どうしたの？　卓也くん」

僕は少し、目頭に力を入れて、我慢した。

「黙んないでよ」

「金がなくてさ」

「へ？　お金の無心？」

「違うよ。海にタクシーで行ったらお金がなくなってすごい大変だった」

「なんで海なんか行ったの？」

「泳ごうと思ったけど、さすがに寒そうだったからやめた。それから、警察官に不審者だと思われて、職務質問された」

「バカなの？」

「そうかも。交番でお金借りて帰った」

「返しに行くのも大変だね」

「電車だと結構遠いんだよな」

「卓也くん、こっち来て。聞いて」

まみずは僕を手招きした。僕はまみずのベッドに近づいた。

「うん」

少し緊張した。

まみずの腕が伸びて、僕を強く引っ張った。

僕は倒れるように、彼女の胸にもたれた。

柔らかい感触があった。

「なんだよ」

僕は彼女に抱きすくめられていた。

「聞いて、じゃないのかよ」

「うん。聞いて、私の心臓の音」

耳を澄ますと、よく聞こえた。

「まだ、ちゃんと鳴ってるよね？」

僕はそっと、彼女を抱きしめた。

「わっ、ちょっと、くるしいよー」

照れたように、まみずは笑った。

「離して、へんたい、ちかん！」

離したくなかった。

「卓也くん、心が、苦しいよ」

そう言ってまみずは僕を押しのけた。その手にはまだ、力があった。

「ねぇ、想像してみて。好きな人が死んだら、つらいよ。しんどいよ。忘れられないよ。そんなの嫌でしょ？　私、想像してみた。生きてくの、無理だと思う。だからね、やめよ？　ここでやめよう」

「うるさい」

僕は彼女の目を見て、言った。

「つらくて、しんどくて、いい。絶対忘れない」

「困るよ」

まみずは僕から目をそらして顔を伏せた。

「好きなんだ」

もう、好きだという気持ちから逃げるのはやめようと思った。逃げられないと思った。

　そこから僕は……僕たちは、逃げられないと思った。

「そんなの困る」

　まみずは僕から目をそらして、後ずさった。何かを怖がるように、恐れるように、彼女は身をすくめていた。

「なんで？」

　僕は聞いた。

　まみずは長い時間、沈黙した。時計なんて見てなかったから、それが何秒なのか何分だったのか、わからなかったけど、世界が静止したみたいに、僕たちは黙っていた。身動きもとれなかった。

　それから、まみずが僕を見た。

　黙って、僕を睨んでいた。

　僕は目をそらさなかった。

　僕たちはずっと、見つめ合っていた。

　目をそらしちゃいけない、と思った。そこでそらせば、何かが損なわれると思った。

　まみずは怒ったみたいに、僕を見た。

すごく綺麗な目だと思った。

その彼女の目から、涙が流れ出した。

一度流れ出すと、決壊したダムのように、あとからあとから、涙が流れて止まらなかった。

僕はそれでも、身じろぎもせずに彼女を見つめていた。

それからやっと、彼女が、ぽつりと言った。

「私だって卓也くんのこと、好きだから」

このまま時間が止まればいいのに、と思った。


もうすぐまみずは死ぬんだと思うと、ときどき、僕も死んでしまおうかという気分になる。

人間はいつか必ず死ぬ。遅かれ早かれ、絶対死ぬ。だったら。

今死んでもいつ死んでも同じじゃないか。そう思うときがある。

彼女がいなくなったあと、それでもまだこの世界が続いていくという残酷さに、僕は耐えられそうになかった。全人類が同時に生まれて同時に死ねば、ここまで腹が立たないのかもしれないと思った。

世界は残酷だと思った。

生きてる意味がわからない。今に始まったことじゃなく、いつからか、僕はずっとそうだった。

「お前、最近ヤバい顔してんぞ」

休み時間、香山が僕の顔を覗き込んで話しかけてきた。

「ほっといてくれ」

「なんか変なこと考えてんじゃないだろうな」

「なんだよ、変なことって」

と言い返すと、香山はそれきり口をつぐんだ。

「僕は今、爆弾持って国会議事堂に飛び込みそうな顔でもしてるか？」

「ああ。全裸で女子校に殴り込みかけそうだ」

「一緒にやるか？」

「いつでも付き合うぜ」

僕は少し笑った。香山もつられて笑った。それから言った。

「香山、ありがとう」

「渡良瀬まみずと、どうなんだ」

「どうにもならないよ」

それが正直な気持ちだった。

「じゃあ、どうにかしろよ。男だろ」

男とか女とか、そんなの関係ないじゃないか。そう言いたくなるが、それもくだらない話になりそうだったのでやめた。

「どうすればいいのかな」

僕は答えに期待せずに聞いた。

「そばにいて、話を聞いてやればいいんだよ」

香山は何かすごく当たり前のことを言った。まるで普通のカップルに対する、ありふれたアドバイスのようだった。

「そうだな」

僕はそれだけ答えた。


僕たちは、毎日を数えながら過ごした。まみずの体調は、良くなったり悪くなったり、乱高下を繰り返した。前のように面会謝絶となることもままあった。それでも、体調がいい日には、以前のようにはきはきと会話することができた。まみずはもう、僕にあの「死ぬまでにやりたいこと」を頼むことがなくなっていた。

　それである日僕は言った。

「なんか、やりたいことないの？」

「じゃあね……キスしてみたい」

　とまみずは言った。

「っていうことは、いつも通り、僕がまみずのかわりにどこかで誰かとキスしてくれればいいんだな」

「そうだよ。卓也くんがしたい人と勝手にキスしてくればいいんだよ！　ってちょっと待って、きゃー！」

　僕はまみずを押さえつけて、無理矢理キスしようとした。まみずはバタバタ暴れて抵抗した。

「まだ！　まだ早い！」

　とかなんとか言っていた。あまりに抵抗されたので、僕は諦めた。

「好きだよ、卓也くん。今まで、ごめんね」

　キス出来なかった僕をまるで慰めるようにまみずが言った。

「ねぇ、もっと早く、こうして正直になってればよかったかな？　ちょっと、遅すぎたね」

「いや……でも、これが僕たちには必要だったんだ。そういう色んなことがなかったら、もっと別の関係性になってたかもしれない。もっと違う風になってたかもしれない。だから、これでいいんだ」

「あの、かっこ悪いスノードームみたいに？」

まみずが笑って、ベッドサイドのスノードームを指さした。ガラス瓶で出来た、僕お手製のスノードームだ。中には、かつてと同じミニチュアのログハウスが入っている。

「気に入らない？」

「不恰好《ぶかっこう》だけど…………愛を感じるかな」

近ごろ、夜がだんだん眠れなくなってきていた。

だからかわりに、授業中に寝た。そうやって昼間、寝てばっかりいるから、すっかり僕の生活は昼夜逆転していた。

夜中に目が覚めた。時計を見ると、午前二時。眠りについてから、一時間もたっていなかった。もう一度寝ようとしても、無理そうだった。

何もすることがないので、掃除を始めた。

掃除じゃなくても、没頭して、考えないでいられるようなことであれば、別になんでもよかった。

部屋には必要のないものばかりあった。全部捨ててしまおう、と思った。

机の引き出しの奥から、ロープが出てきた。

それは、姉の鳴子の部屋から僕が持ってきて、自分の部屋に隠していたものだった。


鳴子は、彼氏が交通事故で死んでから、ふさぎ込むことが多くなっていった。

それでも、僕の前では比較的明るく振る舞っているようなところがあったと思う。

僕はそのとき中一だったし、鳴子からすれば、何か悩みを打ち明けて相談する相手としては、少し幼すぎるように思えたのかもしれない。

そんな鳴子のことが、だけど僕は心配だった。

ある日、部屋の中に入っていくと、鳴子が変なことをしていた。

ロープを結んで、輪っかを作っていた。

「何してんだよ」

「ノックくらいしてよ、卓也」

姉は怒ったように僕に言った。

「それで何すんの？」

「今日見たこと、お母さんにも、誰にも内緒だよ。絶対、秘密にしてね」

「なんで？」

「人間の、尊厳に関わることだから」

鳴子が言った言葉の意味が、そのとき僕はよくわからなかった。

ただ、あまりにも鳴子の表情が真剣だったので、僕は「うん」と答えるしかなかった。

言葉の意味はわからなかったけど、ロープの意味までわからないわけじゃなかった。

次の日、鳴子は車道を横断していたところを乗用車に激突されて死んだ。

信号機も何もない、猛スピードで車が行き交う幹線道路を、走って避けながら渡ろうとしたのだという。

なんでそんな無謀なことをしたのか、誰にもわからなかった。

ただ、鳴子の通夜の前に、僕はそのロープのことを思い出した。鳴子の部屋に入って、ロープを回収し、自分の部屋に隠した。誰にも言わなかった。誰にも言っちゃいけないことのような気がしたのだ。勿論、カウンセラーに話すなんて、もっての他だった。

今なら、鳴子の言った「尊厳」という言葉の意味が、少しはわかるような気がした。鳴子が作ったままのロープの輪っかに、なんとなく首を通してみた。

そのまま少し目を閉じて、僕は横になった。

そうしたら、夢で鳴子に会えるような気がした。


メイド喫茶のバイトは辞めることにした。もう全く身が入ってなくて、仕事に集中出来ていなかったし、迷惑もかかると思った。とはいえ一番の理由は、まみずといる時間を大切にしたかったからだ。

でも、いざバイトを辞めるという話をオーナーに伝えたとき、ふと自分の中に悲しい感情が去来した。残りの日々を大事にしたいから、なんて。それでバイトを辞めるという選択をした僕はまるで、もうまみずの死を受け入れているみたいだと思った。そう思うと、なんだか頭がしんどかった。

最後の勤務を終えて、帰りもいつも通りリコちゃんさんと一緒になった。

「大丈夫なの？」

とリコちゃんさんは帰り道に三十回くらい言った。いい加減さすがに、ちょっと鬱陶しかった。でも、自分はよっぽど大丈夫じゃない顔をしてるんだろうな、と思うと、何か言い返す気にはなれなかった。「大丈夫ですよ」むしろ、申し訳ないな、という気持ちが先立った。

信号が青から赤に変わっていた。そのことに気づいてなかった。自分でも気づかないうちに、うつむいて歩く癖ができていた。先にリコちゃんさんは横断歩道を渡りきって、僕を振り返って呼んでいた。

「岡田くん、早く渡らないと、危ないよ」

あたりを見回すと、車の往来はまばらだった。一台、乗用車が近づいてきているだけだった。

「大丈夫ですよ」

なんとなく、僕は体に力が入らなくて、ぼーっとその乗用車の姿を見ていた。

その車が、姉の鳴子をひいた車と同じ車種だということに、気がついた。

そのとき急に、すっと、何かが自分の意識の中に入り込んでくるような感じがした。

もう少しそこにいたら、鳴子の気持ちがわかる気がした。

僕は一歩も動けなかった。

金縛りにあったみたいな気分だった。

「――――!!!」

リコちゃんさんが何か叫ぶ声でふっと我に返った。気づくと目の前に、彼女がいた。僕と車の間を遮るように、身を投げ出していた。

「止まって!!」

車は急ブレーキをかけて、リコちゃんさんにぶつかるギリギリで静止した。リコちゃんさんは僕を引っ張って、歩道まで半ば力尽くで連れて行った。

リコちゃんさんが僕を凄い目で睨んでいた。何か言われると思った。何を言われてもいいと思った。でも彼女は何も言わなかった。それから、手を振り上げた。ぶたれると思ったけど、ぶたれなかった。かわりに、彼女は僕の頬に手を当てた。

リコちゃんさんは、泣いていた。

なんで泣いてるんだよ、と思った。

「岡田くんは、心が壊れてるよ」

そう言い残して、リコちゃんさんは僕に背を向け、歩き去っていった。

僕は夜の歩道で、しばらく呆然と立ち尽くしていた。

7

まみずはだんだん、口数が少なくなってきていた。喋るのも、もうしんどい、という感じがした。

たまにまみずは僕にあたるようになった。些細なことで僕にケンカをふっかけた。その度に「もうやっぱり来ないで」「さよなら」と言った。それはもう決まり文句みたいになっていた。僕はそれにこれといった反応を返すことはなかった。

まみずはこれまでと違って、今ではよく泣いた。もしかしたら、それまで僕の前ではなるべく、泣かないようにしていたのかもしれなかった。僕にあたるようになったのも、弱みを見せることを躊躇しなくなったせいなのかもしれなかった。だとしたら、不思議と僕は、嫌な気はしなかった。

「病気で死ぬのもしゃくだから、卓也くんに殺してもらおうかな」

その日のまみずは、元気があった。それに機嫌もよかった。近頃にしては珍しく、よく喋った。

「僕はまだ刑務所に入りたくないな」

「じゃあ、二人で心中しよっか？　卓也くん、一緒に死んでくれる？」

そんな笑えない冗談をまみずは言った。

「いいよ。じゃあ、どんな風に心中したい？」

「入水《じゅすい》はちょっとありがちって感じじゃない？」

「そこ、ひねる必要あるのかよ」

「首つりはどう？」

絵面を想像してみた。僕たち二人の死体がぶらんぶらん揺れている。間抜けだと思った。

「じゃあじゃあ、飛び下りはどうかな？」

二人で一斉に空から跳ぶ。それもやっぱり間抜けだった。ロマンチックというより、何かの必殺技みたいだ。ダブルなんとかバスター、みたいな。

「切腹とか？」

と僕は提案してみた。

「ちょっと本格的すぎない？　それにあれ、介錯《かいしゃく》っていって、トドメさす人が必要なんだよ。どっちかが死ねないじゃん。死に損ねたら激痛《げきいた》いよ～。私、もう少しカジュアルな心中がいいな」

「凍死は？」

「でもどこで凍るの？」

「雪山とか？」

「遠いよ！」

「冷蔵庫は？」

「二人で入れるようなのあるかな？」

「業務用だな」

「業務用探そうね」

でもこんな冗談言い合ってても、僕はあんまり気が晴れなかった。

本当はもっとわかりやすく、わがままを言って笑って欲しかった。

初めの頃みたいに、僕に罰ゲームじみた無茶なことをやらせて、困る姿を見てケラケラと笑って欲しかった。

「なんか、まだ『死ぬまでにしたいこと』はないのか？」

僕は聞いた。

「じゃあ、最後に」

まみずは正面から僕を見据えて言った。「最後に」という言葉に僕は、どきり、とした。

「死んだらどうなるのか知りたいよ」

それを聞いて、僕の中にふとある考えが浮かんだ。

頭には香山から助けられたあの日のことがあった。

あのとき、死なかったときから、僕はずっと。

生きてても死んでるような気がしてたんだ。

だからいい方法があると思った。

「まみず。今日の夜、もう一度来るよ」

僕はそう言って、病室を出た。まみずは不思議そうな顔をしていた。わからない、という顔だった。もうすぐわかるさ、と僕は心の中で答えた。


いったん家に帰って、僕は落ち着いて考えてみた。でもそれは勢いで考えたことじゃなかった。だから揺るがなかった。それが一番いい考えだと思った。

鳴子の仏壇に手を合わせた。

鳴子姉ちゃん。

姉ちゃんが死んでから、なんで死んだんだろうって、何回も考えたよ。百回くらい考えたよ。でも全然、気持ちがわからなかった。バカだと思った。死ぬ気持ちなんて、さっぱり理解できなかった。姉と弟でも、他人は他人だから、それもしょうがないって諦めたこともあった。それでも気になった。

姉ちゃんが、恋人が死んだから、自分も死んだんだとしたら、あのときの僕にその気持ちがわかるわけがなかった。だって、人を好きになったこともなければ、大切な人の死について真剣に思い悩んだこともなかったから。

でも、やっとわかったよ。

その絶望の意味が、わかったよ。

——愛するものが死んだ時には、自殺しなきゃあなりません。

こないだ、僕も車にひかれそうになってみたんだ。

そのときやっと、わかった気がしたよ。

鳴子の気持ちが。

「あんた、いつまで鳴子に手合わせてんのよ」

母親の声で現実に引き戻された。せっせと食事を食卓に運んでいる姿が目に写った。

「手伝うよ」

そう言って、僕も母親の横に立った。

「なんか、気味悪いねぇ」

晩飯はカレーライスだった。鳴子が好きなメニューだった。鳴子が死んでからも、母は毎週のように欠かさずそれを作り続けていた。

「うちのカレーって、変だよね？」

僕が言うと、母は心外そうな顔をした。

「だって、いつもシーフードじゃん。普通、肉だろ。鳴子姉ちゃんの趣味？」

と僕が言葉を重ねると、母は笑った。

「実は、私が好きなのよ」

そんな話、初めて聞いた。

「うち、お父さんがカレー嫌いじゃない？　だから、鳴子が生まれる前はなかなか、食卓に出しにくくってね。でも、鳴子はお母さんに似たのね。鳴子も、シーフードカレーが好きだったの。それで、堂々と食卓に出せるようになったのよ」

「つまり、単に自分が食いたいからずっと出してたわけ？」

「あたり」

と言って母親は悪戯っぽく笑った。

「おかわり、頂戴《ちょうだい》」

僕は正直腹一杯だったけど、母親にそう言った。

「自分でよそいなさいよ」

と言いながら、母親はおかわりを持ってきてくれた。

「あのさ、母さん」

僕はそれを食べながら、言った。

「もう、僕、大丈夫だから」

一瞬、母親は何を言われているのかわからない、という顔をした。それから、理解したような顔になった。

心の内側を全部言うことは難しかったから、そういう言い方しかできなかった。

「本当に?」

母親はなんだか嬉しそうにそう言った。その顔を見て、ちくり、と心が痛んだ。

「うん。大丈夫だよ」

それからシャワーを浴びて、歯を磨いて、白いシャツに着替えた。

ベランダに出て、香山に電話した。

「なんだよお前?」

「転校、することになった」

やっぱり、全部を僕は言えなかった。

「はぁ？　急だな」

「父親が転勤になったんだ」

「どこだよ」

「どこだと思う？」

「海外か？」

「あたりだよ」

よくわかったな、という声で僕は言った。

「寂しくなるな」

「香山、今まで、ありがとう」

そう言うと、少し沈黙があった。

「それ、嘘だろ」

香山はあっさりとそう言った。

「岡田。今、お前どこにいるんだ？」

僕は通話を切って電源も切った。

それから、亀之助に大量に餌をやった。亀之助は相変わらず呑気《のんき》に、眠そうな顔で僕を見ながら、水槽の中をうろちょろしていた。生まれ変わったら亀になりたいと思った。生まれ変わることなんてないだろうと思いながら、そう思った。

夜の十時過ぎに、家を出た。

「こんな時間、どこ行くの」

心配そうな声で母親が引き留めてきた。何か感づいたようなことでもあったのかもしれない。

「ちょっと、そこまでだよ」

僕は家を出た。

夜中に、まみずの病室に忍び込んだ。中に入ると、まみずは息を潜めて僕を待っていた。

「遅いよ、卓也くん」

僕は病室の隅の車椅子をベッドの横に運んだ。もう、まみずは体力が落ちすぎていて、歩くのもやっと、という感じになっていたからだ。

「どこ行くの?」

「屋上」

「ねぇ、エレベーターは七階までで、屋上まで行けないよ」

だから車椅子は使えないよ、という意味でまみずが言った。

「おぶってくれる？」

まみずの声が、少しドキドキしていた。だから僕もドキドキした。

女の子をおんぶしたことなんて今まで一度もなかったから、自信はなかったけど、こんなときにうろたえたり失敗したりしてる場合じゃない。僕は平然とした態度でベッドのそばにかがみ込んで、彼女をうながした。

「うりゃっ」

まみずは抱きつくように僕の背中に飛んできた。最初一瞬、ふざけてるのかと思ったけど、すぐに、ゆっくりと僕に負荷をかけないように背中につかまるような体力がもうないのだと、わかった。

病室のドアを開けて、廊下に出る。

エネミー、僕たちを阻《はば》む看護師の気配はない。大丈夫だ。

廊下の突き当たりを曲がって、階段にさしかかる。一歩一歩、気をつけて慎重に、のぼっていく。

まみずが無言で、僕にしがみついてくる。

僕は最高に幸せだと思った。

悲しくなんかないのだ。

この時間を過ごすために、僕は生まれてきたんだとすら感じた。

とても短い、その時間を僕は愛おしく思いながら、屋上までの階段をのぼった。

そして着いた。

あの天体観測のとき以来の病院の屋上だった。


「真っ暗だね」

耳元でまみずが、口ずさむようにささやいた。

外には雲のないすっきりとした夜空が広がっていた。鮮やかな夜空に、星と月がきらめいていた。秋だからか、月は前より綺麗に見えた。

コンクリートむき出しの屋上の床を、一歩一歩、踏みしめて歩いた。

「あ」

まみずが何かに驚いたように声を一つ、発した。

と同時に、僕は背中に、光を感じた。

「私、すごく光ってるね」

振り返ると、まみずの体はもう、かなり強く光っていた。

発光病特有の人体の発光現象は、夜の月の光を浴びると光り、病状が進行するにつれてその光は強くなっていく。以前、天体観測のときに見たのとは比べものにならないくらい、まみずの体は強烈な光を放っていた。

「蛍みたいで、綺麗でしょ？」

彼女は、照れたようにそう言う。

「宇宙で、一番綺麗だよ」

ベンチにまみずを座らせた。

「風が気持ちいいね」

まみずの長い髪が、ゆっくりと吹く風に逆らわずに揺れていた。

「私、卓也くんに出会えて本当によかった」

暗い闇の中で、光るまみずの表情だけは、よく見えた。遠くの月や星よりも、はっきりと見えた。

「もう何も、思い残すことないよ」

まみずが、満ち足りたような表情で言った。

それは、完全に死を受け入れた人の顔だと思った。

「でも、僕もないんだ。何も」

本当にそう思った。

「私とは違うよ、卓也くんは」

「違わないよ」

僕の人生は、もう、無なんだ。

「違っててよ」

彼女は悲しい顔をした。

それから、僕は彼女の目を指で閉じさせた。

「なに？」

「いいから。いいって言うまで、目、閉じてて。わかった？」

「……うん」

そしてだから、ここからが本番だった。

僕は早足で歩き、屋上の隅に向かった。転落防止のための柵を、一息に乗り越える。目の前には、暗闇だけが広がっていた。ここは九階だ。だから確実だ。二階なんか目じゃない。

あと数歩踏み出せば、僕は鮮やかなジャンプを決めることが出来るだろう。あのときの香山なんか目じゃない、本物のジャンプを決めることが出来るだろう。僕は更にギリギリまで近づいた。あと半歩で落ちる、そこまで近づいてから、後ろを振り返った。

「いいよ、まみず！」

まみずは目を開けた。そして僕を見て、はっきりと、困惑したような顔を僕に向けた。

「何…………してんの？」

まみずは呆気にとられたような顔で僕を見ていた。

「これから、僕は死ぬんだ」

僕は頭がおかしいんだろうか？　そうじゃない、と思った。

おかしいのは、まみずが死んでいく世界の方なんだと思った。

「死んだらどうなるのか、まみずに教えるんだ」

「……バカなの？」

「死ぬのなんて、怖くないって、君に教える」

「怖くないわけ、ないじゃん」

まみずは声を震わせながら、言った。

「怖くないわけないじゃん！　怖いに決まってるじゃん！　私だって、本当はまだ、怖くてしょうがないのに！」

「僕は生きてる方がずっと怖いんだ」

僕は言った。

「生きていて、例えば忘れてく自分が怖いんだ。君の笑い方を、声を、その激しい喜怒哀楽の表し方を、君の息の吸い方や吐き方のかわりに、英単語とか、くだらないクラスメイトの名前、新しい道順、そのうち名刺の渡し方なんかを覚えてく自分が怖いんだ。例えば生きていたら、君が死んだ後に、人生も満更悪くないんじゃないかって思う瞬間が来るのかもしれない。

それが、怖いんだ」

「だからって、死ぬの？」

「ずっと、生きてるのが後ろめたかったんだ」

鳴子が死んだときから、ずっとだ。

「世の中は残酷だと思ったことないか？　僕はいつも思うよ。毎日どんどん人が死んで、新しい人間が生まれてくる。死んだ人間のことなんか忘れて、みんな明るい未来に目を向けてる。大切な人が死ぬ。それでも世界は続いていく。

これより残酷なことはあるか？

僕はそんな世界に、我慢出来ないんだ。我慢なんか、したくないんだ」

「おかしいよ、卓也くん」

「僕が死ぬところを、まみずは見て、そして死んだらどうなるか、見て欲しい。死ぬことに興味があるんだろ？　それは僕も同じなんだ。

だからずっと、君に惹かれてたのかもしれない。

僕は、君より先に死にたいんだ」

そうして僕は、まみずに背を向けた。

夜の闇にだんだんと目が慣れてきていた。

見下ろすと、遥か遠くにコンクリートの地面が見えた。九階というのは随分高い、高さだと思った。確実に即死だろう。

香山。

お前よりも僕はずっと、凄いジャンプを決めてやる。

これでやっと、鳴子の本当の気持ちが、わかると思った。僕はどんどん、鳴子に近づいていけると思った。

足が震えた。

背後で、がしゃん、と音がした。
柵が揺れる音だった。
驚いて振り返る。僕は信じられなかった。
すぐそばの柵の向こうに、まみずがいた。
もう、ほとんど歩けないはずなのに。
自力で、這うようにして、こちらにやってきていた。
「どうでもいい」
彼女は言った。
「死んだらどうなるかなんて、どうでもいい」
僕はかなり混乱した。
どうでもいい？
どうでもいいわけがないだろ。
まみずはもうすぐ死ぬんだ。それが一番気になって当たり前だ。誰だってそうだ。
健康な僕ですらそうだ。死んだらどうなるのか、わからなくて、怯えてる。
「どうでもいいことに、今、気がついた。
ずっと考えてた。

でも違った。

あなたのおかげで、やっと気づけた」

そんなの嘘だと思った。まみずは嘘をついている。単に僕を止めたいだけだ。

「私、ずっとわかってたよ。卓也くんが、もうすぐ死ぬ私に憧れてたこと」

両手をついて這いつくばっていたまみずが、柵に掴まりながら、よろよろと立ち上がった。柵に体重をあずけるような形で、立っていた。その姿を見て、僕は胸がしめつけられるようだった。

「ずっと心配だった。でも、触れられなかった。

人の絶望なんて、わかることは出来ないって、思ってたから。

卓也くんの絶望と、私の絶望は違う。

私の絶望が、死んでいく人間の絶望なら、あなたの絶望は、生き残る人の絶望だと思ったから。

すごく、すごく遠いと思った。

私は、ずっと死を受け入れようと必死だった。

それが人間の摂理だって言い聞かせた。

死なない人間なんていない。

生きることへの執着を、一つ一つなくしていきたかった。

だから、『死ぬまでにしたいこと』のリストを作った。

でもすごくつらかった。こんなにつらい思いをするなら、そもそも生まれてくるんじゃなかったって思った。

こんな風に死ぬくらいなら、生まれてこなければよかった。

そう、何度も思った。

生まれてきて、色んなことを味わわせて、与えて、それを全部取り上げて奪って結局殺す。神様がいるんだとしたら、そいつは血も涙もないサイコパスか何かだと思った。

人生全部、後悔の対象だった。楽しかったことや嬉しかったことが憎らしくてうらめしくて悔しかった。その分だけ、そのせいで、私はつらかった。

最初から無でよかった。

最初から最後まで、無でよかった。

生きることを知らなければ、死ぬ苦しみを味わうことはなかった。

私はずっと、無になりたかった。無に近づきたかった。

人生を全部、無かったことにしたかった。

この世界に対する興味を、失いたかった。
でも、そんな私を、変えた人がいました。
君でした。
他の全てを諦められても、あなたのことだけは諦められない。
ずっと、諦めようとしてたのに。
私は、狂っているのかもしれません。
自分より、あなたが大切だなんて。
あなたが死んでこの世にいない未来を、私はさっき想像しました。
それだけはあり得ない、と思いました。
そのとき、私は、自分がこの世界にまだ期待していることに気づきました。
あなたが生きている世界と死んでいる世界では、何もかもが違うと思った。
そして、私は今までずっと封印してきた自分の中の欲望に、気がつきました。
私は、生きたかった。
私は、生きたい。
もっと、生きたい。
ずっと、生きたい。

百年千年万年、生きたい。

永遠に、生きたい。

死んだらどうなるかなんて、どうでもいい！

私はただ、生きたいだけ。

生きたいよ、卓也くん。

あなたのせいで、私はもう、生きたくてしょうがないの。

だからその責任を、もうすぐ死ぬ人間にそんなことを思わせた責任を、ちゃんと取ってください」

まみずの声が、僕のすぐそばにあった。彼女の声は、夜の屋上によく通った。それは透き通るような声だった。

「私の、渡良瀬まみずの、本当の、最後のお願いを、岡田卓也くんに言います。聞いてください」

まみずは気負った表情で、僕に言った。

「私は、これから先、生きたらどうなるのか、知りたいです。

私が死んだ後の世界がどう続いていくのか、興味津々で、ドキドキして、胸がはち切れそうです。そんな気持ちにさせられたのは、あなたと出会ったからです。

あなたと出会う前、私は自分が死んだらそれで世界は終わりだと思ってた。死んで無になったら、世界があってもなくても、私には認識出来ない。そこが世界の終わりだと思ってた。

でも、違うって気づかせてくれたのが、あなたです。卓也くんが存在するこの素晴らしい世界の続きが、私は気になってしょうがありません。

だから」

まみずは一つ、大きく息を吸い込んで、一気に吐き出すように口を開いた。

「私のかわりに生きて、教えてください。この世界の隅々まで、たくさんのことを見て聞いて体験してください。そして、あなたの中に生き続ける私に、生きる意味を教え続けてください」

僕は思わず、吸い寄せられるように、屋上のへりから、柵の方へと近づいた。死から生に近づいた。

それは僕の敗北だった。

僕は、渡良瀬まみずに負けたのだ。

「私の最後のお願い、聞いてくれる？」

まみずの唇がすぐそこにあった。

僕は迷わず、彼女にキスをした。
まみずはすぐに唇を離して、僕の目を見た。
それから今度はまみずの方から、キスをしてきた。
好きだよ。
愛してる。
僕はそう、何度も彼女に言った。

＊＊＊

それから渡良瀬まみずは、十四日生きた。

endless season

そしてもうすぐ、春が来る

一人で遊園地に来ることなんて、二度とないだろうと思っていたのに、来ていた。

人の目は気にならなかった。

まっすぐに絶叫マシンの列に向かう。

平日の遊園地はすいていた。

二人分の料金を払うから、隣の席を空けてくれないかと係員の人に頼んだ。少し揉《も》めたけど、事情を正直に、丁寧に話したら、許可してくれた。

ゆっくりとジェットコースターが高みにのぼりつめていく。相変わらず慣れない不快な感触だった。僕がジェットコースターを好きになることは、やっぱり一生なさそうだ。

次の瞬間、ジェットコースターが急降下を始めた。

僕は声にならない叫びを叫んでいた。


「親愛なる岡田卓也さま。

あなたはどういう気持ちでこの音声を聞いているのでしょうか。私には想像もつきません。

本当は手紙とかビデオレターにしてみたかったのですが、元気がなくて無理でした。

音声ならまだかろうじて、寝たままでも録音することが出来そうだったからです。本当は、死ぬまでに、卓也くんと二人でどこかに行きたかったです。でも、それを口にすると、卓也くんを傷つけてしまいそうだと思いました。いや、誰よりも私が傷ついてしまう、だから怖くて言えませんでした。

卓也くん、あなたと遊園地に行きたかった」

＊＊＊

そのとき、僕は家でミニチュア制作にいそしんでいた。

まみずが死ぬまでにしたいことを書き溜めていたノートを、僕はあの夜に受け取っていた。いつか親に見られたら恥ずかしいから、というのがその理由だった。帰ってからよく見てみたら、そこに書かれているものの中には、まだ僕がやってないこともあった。その中でも、とくに目についた項目があった。

新しいスノードームが作りたい。

こんなの↓↓↓

ノートには、とある人生の一場面を描写した落書きが描かれていた。決して絵心があるとは言いがたいけど、それでもその絵が何なのかは、よくわかった。

粘土を買ってきて、そのまみずの絵を再現しようとしたのだけど、元々不器用なせいで全然うまくいかない。試行錯誤を繰り返しながらも、なんとかそれだけは間に合わせたいという気持ちでやっていた。

そんなときだった。

深夜に真さんの携帯電話から電話があった。

数日前から、真さんはもう、借金の取り立てに怯えるのをやめて、まみずの病室にずっといた。まみずの死期が近かったせいもあった。元々、取り立てがまみずと母親に向くのを恐れていたのは、まみずの治療費のためというところが大きかったからだ。だから、真さんがまみずの病室に頻繁に会いに来るようになって、僕はほっとする一方で、どこか相反する感情を抱いてもいた。それは、もうそれだけまみずの死期が差し迫っている、ということを意味していたからだ。

「まみずが、最後に卓也くんに会いたいって言ってる」

僕は慌ててタクシーに乗って病院に行った。

でも、間に合わなかった。

僕が病院にたどり着いたときには、まみずは死んでいた。人が死ぬと、本当に顔に白い布をかぶせるんだ、とそんなバカみたいなことを思った。

「さっきまで意識はあったんだ」

悔しそうに真さんが言った。

「生きてるときに、十分、話しましたから」

僕はやっとの思いでそれだけ言った。

真さんと律さんにことわって、僕はまみずの死に顔を見せてもらった。

笑ってた。

信じられないと思った。あるいはそれは、僕のただの目の錯覚なのかもしれなかった。

でも、それはやっぱり、安らかな死に顔、といっていいものに見えた。

「まみずが、卓也くんに渡して欲しいって」

真さんは何か複雑な表情で、僕にＩＣレコーダーを手渡した。

「十日前くらいからかな？　少しずつ、吹き込んでたみたいなんだ。卓也くんに聞いて欲しいって」

知らなかった。僕の前では、彼女はこのＩＣレコーダーをいじってなかったと思う。

真さんと律さんに挨拶を済ませてから、僕は病室を出た。

深夜三時を過ぎていた。病院前の車道にも車はほとんど走っていなかった。

ここから家までは少し遠かったけど、一時間半くらいかかるけど、歩いて帰りたかったから、歩いて帰ろうと思った。歩いてるうちに朝になって、いつか道に光が差してくるだろう。

夜の幹線道路に、車の気配はほとんどなかった。僕はふっと思いついて、道の真ん中に飛び出した。

普段は大量の車が行き交う四車線の道路に、僕だけがいた。

そのまま、幹線道路の真ん中を大股で歩き続けた。

いつかまみずからプレゼントされた、あのイヤホンを挿して、ちょっと音声を聴いてみた。

不思議と、涙はまだ出なかった。ぼんやりとした頭で、泣くにはまだ少し早すぎるのかもしれないと思った。

「さて、実は私にはまだまだ、幾つか『死ぬまでにやりたいこと』が残っているのです。

この音声を残すこともその一つでした。

面倒臭いと思ってる？

でも、ちゃんと聞いてください。

それをこれから発表してみたいと思います。

じゃかじゃかじゃかじゃかじゃかじゃん！

まずは最初のお願いです。

私が死んだら、夜の火葬場で死体を焼いてください」


そこまで聞いた僕は、慌てて真さんに電話をして事情を話した。なんでそんなこと、家族じゃなくて僕に言うんだよ、と思った。もしかしたら、僕をこうやって慌てさせたかったのかな、とも思ったし、あるいは、静澤聰の『一条の光』の説明を家族にするのが少し恥ずかしかったのかもしれないとも思った。

まみずの葬式には、たくさんの人が来た。僕はなんだか白々しい気分になった。普段顔を合わせていなかったクラスの奴らまで来て、わんわん泣いたりしていたからだ。

僕はまだ泣かなかった。

僕が、真さんや律さんと、親しげに口をきいているのを見て、クラスメイトが不思議そうに尋ねてきた。

「岡田って、渡良瀬さんと親しかったの？」

「彼女だったよ」

言うと、えー！とクラスの奴らが一斉に驚いたような声をあげた。「うるさいな」と僕は言った。

「それから、ちゃんと私のお葬式に出てください。

なんだか、卓也くんって、そういうのサボりそうだから。

それで、私が彼女だったってみんなに言ってください。

私、卓也くんの彼女なのかな？

なんだか、言葉でちゃんと確かめたことがなかったから、ちょっとだけ自信がないけど。

もし卓也くんにそのつもりがなかったとしても、じゃあ、これから私を彼女にしてください。

早死にしちゃったかわいそうな女の子にも、素敵な彼氏がいたんだって、みんなに見せびらかしたいから。

それに、卓也くんにも、こんなに綺麗な彼女がいたんだって自慢して欲しいから」

夜の火葬場なんて、普通は勿論開いてない。それでも、たまにそういう頼みはあるらしい。発光病の患者が、夜に自分の遺体を焼いて欲しいと遺言を残すことが。それで、特例で認められることになった。

普通は近親者だけが行く火葬場に、僕は香山を誘って二人で行った。勿論、真さんが許してくれた。

僕たちはある程度のところで退散して、まみずの骨を拾うかわりに、火葬場の煙突がよく見える丘にのぼった。

あたりは基本的に静かだった。ただ、すごく遠くのどこかの道路を、時折思い出したように車が走っていく音だけが聞こえていた。

そして、まみずの火葬が始まった。

空には満月があった。

まみずの死体は、焼かれて、煙になって煙突から空に舞い上がっていった。その薄く白っぽい煙は、かすかな光をまとっていた。

月の光に照らされて、煙は一筋の光となって天に昇っていく。

雲ひとつない夜空を背景に、煙となったまみずの死体は、青く白く光り輝いていた。

これまでのまみずとの日々が、瞬間的に、ものすごいスピードで浮かんでは消えていった。

あれは、まみずの死体なんだ。

現実の出来事だとは信じられないような光景だった。

それはとても不謹慎な感想なのかもしれなかったけど……オーロラとか、虹とか、そんなキラキラしたものよりも、その光はずっと綺麗だった。ぞっとするほど綺麗だった。

その光が夜の空に溶けていくのを見ながら、僕は思った。

この景色を、僕は一生忘れないでいようと思った。

それから数瞬遅れて、まみずにこの景色を見せてやりたいな、と僕は随分滅茶苦茶なことを思ったりした。

「思ってたより、綺麗だな」

香山が素朴な感想を吐いた。

「『一条の光』より綺麗だよ」

僕はそう返した。

僕たちは二人でタバコを吸った。その光がなくなるまで、ほとんど無言で、ずっとそこにいた。喋りたくなかった。生きていると、ときどき、何も喋らない方がいいという場面に出くわしたりする。そのときがそうだった。

それから、僕たちは帰ることにした。

香山が自転車で来ていたので、二人乗りで帰ることにした。


「友だちたくさんつくってね。

私は結局、親友と呼べるような友だちがいなかったから。

友だちが欲しかった。

かわりに卓也くんが、友だちをつくってください」


僕と香山の家はそれなりに離れていた。なのに、香山は僕を家の近くまで送ってくれた。僕は礼を言って自転車から降りた。香山は、「じゃあな」と短く言って、そのままUターン、自転車をこいで遠ざかっていった。そういう奴なのだ。

そう思っていたら、急に香山が振り返った。別れ際に香山が振り返るなんて多分初めてのことだった。僕は思わず身構えた。でも、香山はそれ以上何も言わなかった。何か言おうとして、言えなくなったのかもしれないと思った。

焦れったくなって、僕の方から叫んだ。

「なぁ、香山！」

わざわざ数十メートル離れてまで、言うことなんて何があるんだろう。普通の距離感で言えないことって、何だろう。考えてから、僕は言った。

「僕たちって、友だちだよな？」

香山は無表情で僕を見た。睨むような目つきだった。

「当たり前だろ」

それから香山は少し黙って、言い足した。

「恥ずかしいこと聞くなよ！」

香山は笑って、自転車を再び漕ぎ出した。立ち漕ぎだった。

もう、振り返らなかった。


「そういえば、亀之助は元気ですか？

餌をちゃんとあげてね。長生きさせてね。

愛情を注いで、かわいがってあげてください」

実は最近わかってきたことだけど、亀之助はけっこう不良だった。

よく逃げた。

いつの間にかどうやってか水槽から這い出して、彼は家の中の色んなところを歩き回った。そのたびに、僕と母親は大慌てで彼を捜索した。特に、彼は風呂場を好んだ。

「海に帰りたいのかしら」

母親がふと思いついたようにそんなことを言った。

「それ、似たようなこと言ってる奴がいたなぁ」

「車、出そうか?」

母親がまた思いつきを口にした。

結局、母の思いつきに乗っかって、僕たち二人と一匹はガレージに出た。

「二人で出かけるなんて、久しぶりね。鳴子が死んで以来かしら」

「まぁ、この年になったら、母親と二人で外に出かける方が珍しいよ」

まだ冬だったので、寒かったけど。でも、晴れていた。いつか前に来たのと同じ海岸だった。近場にそんなに幾つも海岸なんてないんだからしょうがない。母親はビニールシートを持ってきていた。それを砂浜にしいて、二人で座った。それから、亀之助を水槽から出して、砂浜に放した。彼は悠々とした足取りで、歩き出した。なんだか、生き生きとして見えた。

「卓也、前にクラスメイトの子のお葬式に行ってたよね？」

「うん」

僕はまだ母親に、まみずのことを詳しく話してなかった。照れくさくて恥ずかしかったのもあったけど、うまく整理して話すのが難しいせいもあった。

「知り合いだったの？」

「……うん」

「そっか」

母親はそれ以上何も聞かなかった。それを少し意外に思った。

「なぁ、母さん」

「うん？」

「僕さ、鳴子のことが大好きだった」

そう言った。母親は僕を見て笑っていた。それから「知ってる」と静かに言った。

「僕は冷たい人間なんかじゃないよ」

声が震えそうだった。それを必死で抑えた。

でも、無理だった。

不思議だった。

涙が溢れて止まらなかった。

どうして適切なときに泣けなくて、無関係なときに泣いてしまうのか、わからなかった。

「わかってるよ、卓也」

母親はそう言って、僕の頭を撫でた。僕はされるがままになっていた。

それから急に母親が立ち上がって、両手を口元に当てた。手で、まるでメガホンのような形を作って、いきなり叫んだ。

ビックリするしかなかった。僕だけじゃなく、海に向かって歩いていた亀之助まで驚いて、こちらを振り返った。

「なんだよ」

「なんでもない」

波の音だけが響いていた。僕は濡れた砂の匂いだけを嗅いでいた。

「帰ろっか」

母親から先に言った。

見ると、亀之助は波打ち際で海に濡れながら小さく歩き続けていた。

「亀之助、置いてこうか？」

「あのねぇ卓也。バカ言わないでよ」

「冗談だよ」

亀之助を回収して、車に乗った。帰り際に、僕は母さんに頼んだ。

「途中、ホームセンター寄ってよ」

「どうしたの？」

「亀之助に、彼女をつくってやろうと思って」

そう言ってから後ろを振り返ると、亀之助は不思議そうに僕を見つめていた。


「結婚して、出来れば子供は三人欲しいな。

女の子が欲しいけど、男の子でもかわいいと思います。

小さくていいから庭付きの一戸建て。でも住めば都って言うから、本当はなんでもいいんだと思います。

私、そんなこと、今の今まで考えたこともなかったんだ。

だって、そうでしょう？

生まれてこなければよかったって思ってた人間が、子供を欲しいと思うなんて、それは嘘でしょう？

　でも、今は思います」

しばらくして、冬休みが明けて、年明けにちょっとしたニュースがあった。

芳江先生が、結婚して年度末で退職するのだという。

話によると、相手は見合いらしい。つい半年ほど前まで香山と付き合ってたのに、あまりのスピード感に僕はちょっと驚いた。

一方香山はというと、そんなにショックは受けてないらしい。

「フツーの会社員らしいぜ。でも、回ってきた写真見たら笑えるくらいブサイクだった」

そんな写真誰が回してんだよ、と思ったが、香山が携帯に転送してきた写真を見たら、確かにその男はつるつるに禿《は》げていて、妖怪で言うとぬらりひょんに似ていた。

それからしばらくして、時間割の一時間目がちょうど芳江先生の現国というある日、朝教室に来ると黒板に落書きがしてあった。

芳江ちゃん　結婚おめでとう

という言葉とともに、あのぬらりひょん男の似顔絵とハートマークがチョークで描かれていた。

芳江先生がやってきて、それを見て、恥ずかしそうに慌てて黒板消しで消し始めた。

「ちょっと、誰の嫌がらせよ」

そう言いながらも、芳江先生は満更嫌がってはないようで、ちょっと喜んでいるようだった。

そんな下らない悪戯をする人間はクラスに一人しかいないということを、僕も、それに芳江先生も多分、知っていた。

「お前、案外絵うまいんだな」

香山に言うと、彼は素知らぬ顔で「何の話だよ」ととぼけてみせた。だけど、制服の袖にチョークの粉の跡がついていたのを、僕は見逃さなかった。でもそれは結局、見なかったことにして流しておいた。

「もっとしてあげたいことたくさんあったな。いろんなことしてあげたかったな。

私はいつも卓也くんにしてもらうばっかりで、してあげられたことなんてほとんどなかったね。

ダメな彼女でごめんなさい。

でも、早く新しい彼女が出来るといいですね。

いつまでも、元カノのことを引きずってる男なんて、ダメです。

でもでも、たまには私のこと思い出してくれたっていいでしょ？」


一度だけ、リコちゃんさんと会ったことがあった。

日曜日に、あのメイド喫茶の近くを歩いてたとき、車道を挟んで反対側の歩道に、彼女の姿を見つけた。

リコちゃんさんは、背の高い男と腕を組んで一緒に歩いていた。

叫んで、声をかけようかと思ったけど、やっぱりやめにすることにした。

それはなんだか、とても幸せな光景に見えたからだ。リコちゃんさんは終始ニコニコ笑いながら、一生懸命その男に何か話しかけていた。その時間を僕は、壊したくなかった。

その瞬間が、いつまでも続いて欲しいと思った。そう、願った。それからちょっと、うらやましいな、とも思った。

それ以来、リコちゃんさんに会うことは、もうなかった。

四十九日も過ぎて、半年後にまみずのお墓が出来た。真さんに一緒に墓参りに来ないかと誘われた。僕はそれを聞いて最初、あとでこっそり一人で見に行こうと思った。なんだか、色々ちょっと、気恥ずかしかったからだ。

でも、それじゃ今までの自分と何も変わらないじゃないか、という気がした。

愛するものが死んだ時には、
自殺しなきゃあなりません。

あの中原中也の詩には、実は続きがあった。
あのとき僕は最後までちゃんと読んでいなかったけど、こないだもう一度読み返したら、別のことが書いてあった。
それはこう、続いていた。

けれどもそれでも、業《ごう》が深くて、
なおもながらうこととなったら、
テンポ正しく、握手をしましょう。

どういうことだろう、としばらく、考えてみた。それから、そこまで深く考えるほどの意味もないということに気がついた。生き残った人間は、生き残った人間同士で仲良くして生きていくしかない、そんなことが書いてあるんだろう。

まぁそんなわけで、僕は香山を誘って、待ち合わせ場所の駅前に行った。そこに真さんが迎えに来てくれることになっていたからだ。

「なんだお前、それ」

香山は少しビックリしたように言った。僕が、少し水を張ったバケツに、亀之助とその恋人を入れて持ってきていたからだ。ちなみに、名前はまだ決めてない。でも、そのうちちゃんと、つけてやろうと思ってはいる。

「いやちょっと、亀連れてこうかと思って」

「普通の人間は、墓参りにちょっと亀持ってこうかって思わねーからな」

そんな会話を交わしているうちに、真さんの車がやってきた。

「久しぶりだな」

真さんは今は仕事を変えたらしい。営業の仕事をしているらしく、少し雰囲気が変わっていた。なんだか、服装もパリっとしている。真さんは亀之助たちを見ても、とくに驚いた顔をしなかった。

「久しぶりね、卓也くん」

助手席には律さんがいた。二人は籍を戻すことはなかったけど、昔より頻繁に会うようにはなったらしい。

そういえば、初めて律さんに名前を呼ばれた気がする、と思った。

「元気でやってるか？」

なんだかまるで、久しぶりに会った父親みたいな会話を真さんは始めようとした。

「最近、スケボー始めたんスよ」

僕とともに後部座席に座った香山が、それに答えて言った。香山は近ごろ本当にスケボーを始めて、転んだりすりむいたり小さなキズを幾つも作っていた。何が楽しいのかさっぱりわからなかったし、一緒にやろうなんて気にもならなかったけど、珍しく真剣に何かに取り組んでいる香山を見ているのは悪い気がしなかった。真さんは香山のそんな話に、楽しそうに相づちを打って笑っていた。

「卓也くんは、何か始めないのか？」

真さんが僕に聞いてきた。

「何か始めますよ、僕も」

それが何なのかはわからなかったけど、そろそろ始めてもいい頃だと思った。いつまでもグジグジしていたら、まみずにがっかりされてしまう。いや、がっかりっていうより、まみずは退屈して暴れ出すんだろう。そんな気がした。

そういえば、まみずのノートの中には、まだ僕が実現できていないことも幾つか残っている。こないだ改めて見返していてちょっと笑ってしまったのだけど、「死ぬまでに肘に顎をくっつけたい」というのがあった。

「なぁ香山、肘に顎ってひっつけられるか？」

「……無理じゃね？」

しばらく試していた香山だったが、すぐに諦めてしまった。運転中の真さんが参加しようとしたので、それは慌てて止めたけど。これが案外、出来そうで出来ない、難しい。ポアンカレ予想より難問かもしれない。

「そういや、新しく買った亀に名前をつけようと思うんですけど、何かいいのありませんか？」

僕が誰に言うともなしに聞くと、

「サクラ」

窓の外を流れていく、まだ咲きかけの桜の木を見ながら、真さんが言った。

「もしかして、まみずに名前つけたときって……」

僕は嫌な予感がして尋ねた。

「勿論、水飲んでたよ。二日酔いでな」

「じゃあ、そのとき飲んでたのがお茶だったらどうしたんスか」

香山が余計なことを聞いた。

「緑茶だったら、みどり、だろうね」

「サイテーですね」

僕はちょっと吹き出しながら言った。

「卓也くん、なんかちょっと明るくなったか？」

真さんがバックミラー越しに僕の表情を見ながら言った。

「テンポ正しく握手するんですよ」

僕がそう言うと、真さんはきょとんとした顔をした。無理もなかった。

そこに、口笛を吹きながら手を差し出してきたバカがいた。勿論、香山だった。

「お前がバカで、救われるよ」

僕は彼の手を取って、そう言った。

墓地は車で二十分ほど行ったところにあった。人けの多い、ちょっとした観光名所の寺に面した、広々とした墓地だった。

「すげー、ピカピカしてますね。新築って感じ」

まみずの墓を見て、香山がバカみたいな感想を言った。それに笑っている真さんを見て、ふと、真さんがいつの間にかマフラーを巻いているのに気がついた。多分、車を出るときに巻いたんだろう。あの、まみずが編んだマフラーだった。

「春なのに、マフラーなんですね」

僕がそっと指摘すると、真さんは照れたように笑った。まだ三月の終わりだから少し肌寒かったけど、マフラーを巻いているのは真さん一人しかいなかった。まぁ、亀を持っている男も僕くらいのものだったけれど。

僕はポケットから、結局最近になってやっと完成したあのスノードームを取り出して、彼女の墓の脇に置いた。

スノードームの中では、それぞれ、ウェディングドレスとタキシードを着た二人が、仲良さそうに佇んでいる。まるで、そこだけ時間が止まったみたいに。

それから、四人で彼女の墓に手を合わせて、目を閉じた。

もうすぐ、春が来る。

まみずに出会った季節だ。
でも僕は死にたくはならなかった。
桜が咲くのが楽しみだとさえ思った。
僕はポケットからＩＣレコーダーを取り出して、イヤホンを耳に挿した。
目を閉じて、あれから何度も聴いてきたまみずの声を、もう一度聴いた。

「お父さんが、電話であなたを呼んでいました。
もうすぐきっと、最後の瞬間がやってきます。
これが本当に正真正銘、最後のお願いです。
私は、幸せが好きです。
そして今、とっても幸せです。
死ぬのは怖くてたまらないけど、怖くて怖くて心臓が止まっちゃいそうだけど。
でも、もう、怖くありません。
幸せです。
卓也くんは、どうですか？
どうか私のために、幸せになってください。

あなたの幸せを、心から祈っています。
渡良瀬まみずより、これが最後の通信です。
さようなら。
愛してます。
愛してる。
愛してる」

まみずの墓には、静澤聰のように「無」なんて書かれてはいなかった。
ただシンプルに、
渡良瀬まみず
と名前だけが刻まれていた。
それでいい、と僕は思った。

あとがき

皆さん初めまして。これが僕のデビュー作になります。

読んでいただいて、ありがとうございます。

この小説の登場人物たちは、もしかしたら、少し変わっているように見えるかもしれません。

主人公の卓也の生き方はどこか投げやりだし、香山もただ快楽主義的に生きているだけのように見えて、わりと屈折しています。他の登場人物たちも皆、少し変です。でも僕には、彼らがそこまで変わっているとは思えません。わざと変わった生き方をしているわけじゃない。それぞれに、必死で精一杯生きていて、その結果、何か生きづらさを抱えてしまっている。そんな人たちなのだと思います。

十代の頃、僕も彼らと同じように、生きづらさを感じていました。

どこにも行き場のなかった僕の気持ちを、それでも、小説だけが救ってくれた。だから、いつしか自然と、僕自身も小説を書くようになりました。小説家になりたい、そう思っていたけど、同時に、無理かもしれないな、とも思っていました。

結局そのまま大学を卒業して、就職。仕事に追われるうちに、小説を書こうなんて気力も、いよいよなくなっていきました。

「小説家なんて、なれるわけないよ」

それが、僕の口癖でした。

「絶対なれるよ。だから、なってよ」

そう言ってくれていた友達がいました。僕の書くものを、面白がって読んでくれていた。そんな友達が自殺した夜も、僕は会社で仕事をしていました。

そのときからずっと、僕自身、小説の中の主人公のように、生きているのが後ろめたかった。そして、死んだ友だちが何を考えていたのか、本当のところが、やっぱりずっとわからなかった。

眠れなくて、夜、よく散歩に出かけました。何時間も歩き続けて、朝になったあるとき、「小説を書こう」と思いました。

それで僕は、会社をやめて、小説を書き始めました。

この世界は、理不尽で、辛くて、酷いことに満ち溢れています。
死にたくなるなんて、それは当たり前のことだ、と僕は思います。
それでも、生きていこう、そう思ってもらえるような小説を、僕は書きたかった。
もし、誰かにとって、少しでもそんな作品になっていたとしたら、すごく嬉しいです。

振り返ると、あの頃の僕より、死んだ友達の言葉の方が正しかったんだなと、小説家になれた今、思います。これから先、卓也が何をやっていくのかわからないけど、彼や、彼と同じように生きづらさを抱えている全ての人に対して、自分を信じて頑張って欲しいなって、そんなことを思います。
大丈夫。絶対出来るから。

この本が出るにあたっては、たくさんの方に力を貸していただきました。作者の僕の想像を遥かに越えるイメージを描いてくださったloundraw《ラウンドロウ》様。初めてイラストを見たとき、思わず感激して「おお」と声が漏れました。それから素晴らしい推薦コメントを寄せてくださった、山口幸三郎《やまぐちこうざぶろう》様、綾崎隼《あやさきしゅん》様、蒼井《あおい》ブルー様。憧れの皆様から、勿体ないくらいのお言葉をいただきました。担当編集者の湯澤《ゆざわ》様、遠藤《えんどう》様。あまり器用ではない作者と作品に、適切な方向性を示してくださいました。ここで名前を挙げさせていただいた以外の方も含め、皆さん、本当にありがとうございます。一人で書き始めた作品が、こんなにも多くの方に助けられて世に出るなんて、十代のときは想像もしていませんでした。

つたないところもあるかもしれませんが、今までの自分の全てを、この小説に込めました。

今の自分に書けることは、目の前の作品に全部書いてしまおう。そう思っていつも、小説を書きあげるのに、もう三日もしたら、また何か書きたくなる。書き残したことが、ある気がしてくる。

だからこれからも、死ぬまで、小説を書き続けます。

また次の小説で、あなたに会えますように。

佐野《さの》徹夜《てつや》

佐野徹夜 著作リスト

君は月夜に光り輝く（メディアワークス文庫）

本書は第23回電撃小説大賞で《大賞》を受賞した
『君は月夜に光り輝く』に加筆・修正したものです。

メディアワークス文庫

君《きみ》は月夜《つきよ》に光《ひか》り輝《かがや》く

佐野徹夜《さのてつや》

発行　2017年2月25日　初版発行
　　　2017年5月20日　4版発行

発行者　塚田正晃
発行所　株式会社**KADOKAWA**
　　　　〒102－8177　東京都千代田区富士見2－13－3
プロデュース　**アスキー・メディアワークス**
　　　　〒102－8584　東京都千代田区富士見1－8－19
　　　　電話03－5216－8399（編集）
　　　　電話03－3238－1854（営業）
装丁者　渡辺宏一（有限会社ニイナナニイゴオ）
印刷・製本　旭印刷株式会社

ISBN978-4-04-892675-1 C0193

メディアワークス文庫　http://mwbunko.com/
株式会社KADOKAWA　http://www.kadokawa.co.jp/

本書に対するご意見、ご感想をお寄せください。

あて先
〒102-8584　東京都千代田区富士見1-8-19　アスキー・メディアワークス
メディアワークス文庫編集部
「佐野徹夜先生」係